# あの世とこの世を行ったり来たり〈上〉

本居利之

Parade Books

この物語はフィクションです。実在の人物・団体・事件とは関係がありません。

# まえがき

人は生まれた時点で、頭脳、健康状態、容姿、家庭環境などの面ですでに差がついています。そして、各人が感じる幸福度の差は、大人になるにつれて、更に広がって行くことが多いと思うのです。なぜ皆が同じように生まれ、同じように幸せになることができないのでしょうか。もし何か理由があるのなら、その理由を探ってみようと思いませんか。

人はあの世とこの世を行ったり来たりしていると言われていて、それを取り上げた書物はたくさんあります。しかし、せいぜい「この世でいいことをしたから、あの世でいい生活ができ、生まれ変わったら、幸せになれる」といったもので、そこで終わっています。

そこで終わってしまっては、何も見えてきません。その後が肝心なのです。この世の話と同じくらい、あの世へ行ってからの詳しい話が必要ですし、更に、生まれ変わった後の話も必要です。「その後も何度も生まれ変わって、幸せになったり不幸になったりする。その理由は、こうである」と、もっと長期間にわたっての話がほしいのです。

人の生まれ変わりについて単調に語ってもおもしろくないと思った私は「三人の人物があ

の世とこの世を行ったり来たりする」という物語にしました。三人を九回ずつ生まれ変わらせることによって「この世の生き方が、死後にどんな結果をもたらしたのか。更に来世にどんな影響を与えたのか。来々世はどうなったのか……」と、連続的な物語にしたのです。「この人は良い行いをしたので、将来は幸せになるだろう」と予測できるものもあれば、逆に意外な展開になるものもあります。「このあと、こんなことになるのではないだろうか」と予想しながら読み進めれば、楽しんでいただけると思います。

あなたは、あの世がある方がいいと思いますか、それとも、ない方がいいと思いますか。私はある方がいいと思います。もし、この世の行いが正しく評価され、それに見合う未来が待っているのなら、その方がいいと思うのです。また、努力して身につけた知識、技能を、死んだ後も活用できる世界があってほしいのです。

あなたが、あの世があると思っていても、ないと思っていても、読めばきっと、あなたのこれからの生き方が変わると思います。

二〇二三年夏

本居　利之

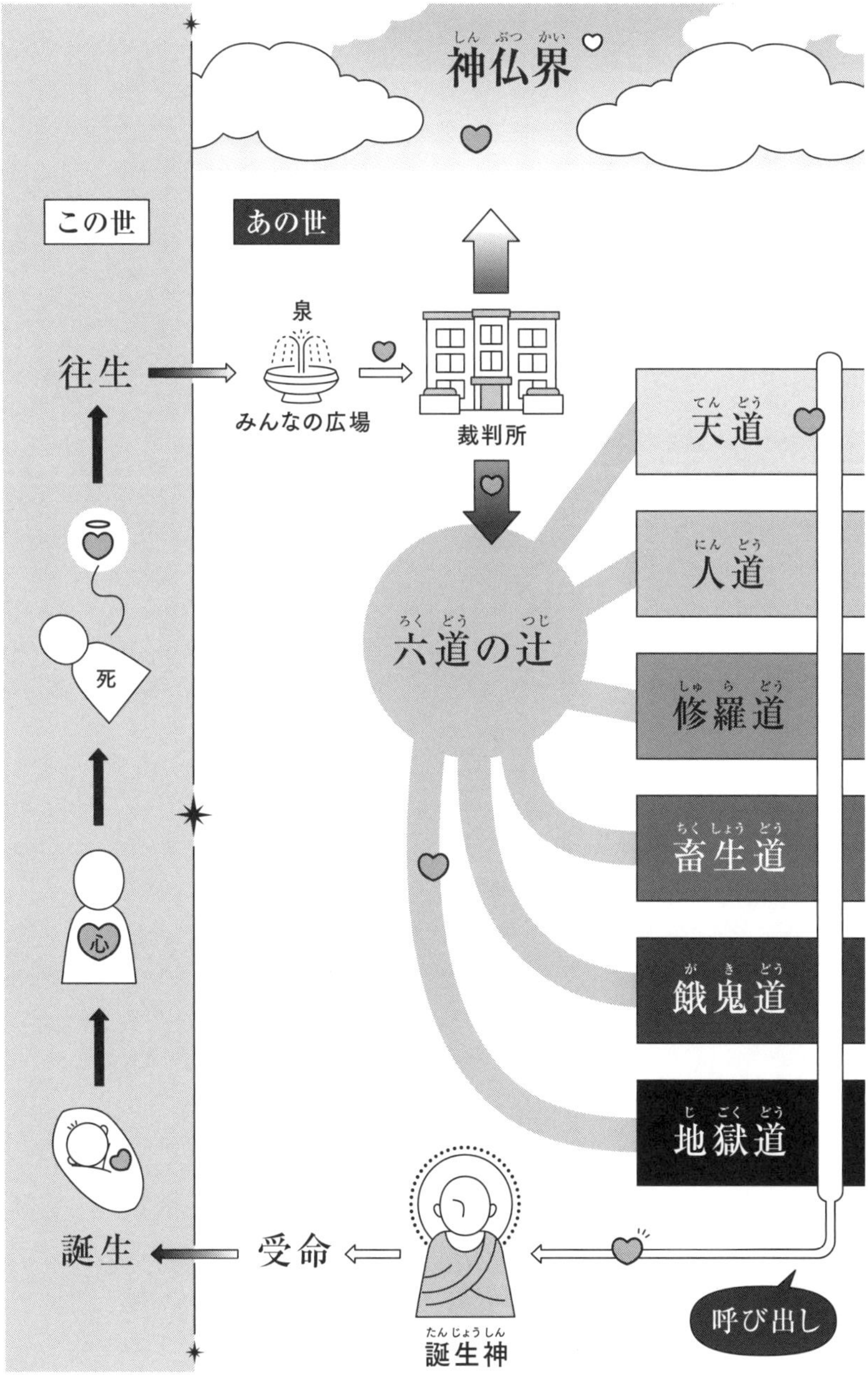

神仏界《しんぶつかい》
この世
あの世
泉
往生
みんなの広場
裁判所
天道《てんどう》
人道《にんどう》
六道《ろくどう》の辻《つじ》
修羅道《しゅらどう》
畜生道《ちくしょうどう》
餓鬼道《がきどう》
地獄道《じごくどう》
死
心
誕生
受命
誕生神《たんじょうしん》
呼び出し

もくじ ✦ 上巻

下巻 ✦

第6章

A　動物博士として大きな功績を遺した男

B　神や宇宙について議論を重ねた女

C　人々に辛抱することを説いた尼

第7章

A　いじめの因縁を受け入れた女

B　財布を盗んだ男

C　子供に学問と道徳を教えた男

第8章

A　不運や不幸に見舞われたとき、「自分の使命に気付く」ことに努めた女

# 序章

仲の良い会社員、看護師、公務員、大学生の四人は、人生で疑問に感じること、この世の中で矛盾を感じることなどについて語り合っていた。

**会社員**　人はなぜ、生まれながらにして不平等にできているのだろうか。小さい頃から大人になるまでずっと疑問に思っていた。恵まれた家庭に生まれ、一生苦労せずに幸せな人生を全うできる人。極貧の家庭に生まれ、いじめられて、不幸なまま人生を終える人や、生まれてすぐに亡くなる子。少し努力しただけで成功する人と、どんなに努力しても成功しない人。どうしてこんなに差があるのだろうか。

神や仏やあの世があると言われているが、本当にあるのか疑問である。あの世があって、あの世とこの世を行ったり来たりしているとも言われているが、何の根拠も示されていないんだ。

**看護師**　私は不幸で、この世は不平等にできていると思っている。神や仏もない。もし神や仏があるなら、この世は平等なはずだ。人生はこの世限りのもので、あの世はないと考えている。

人によって生まれつき差があること自体に、不満を感じる。更に、陰でこそこそ動き、うまく立ち回る人が上役に取り立てられ、真っ正直に生きている人が下積みになっている現状にも矛盾を感じる。

そうは言うものの、自分自身に甘い面がある。自分を律し切れていないのはよく分かっている。一度きりの人生、少しでもいい人生にしたい。

**公務員**　私も、幸せな人もいれば不幸な人もいて、この世は不平等にできていると感じているし、今の政治に不満を持っている。国は「貧富の差を埋める」と言いながら、一向に埋まらない。

友人から「あの子はお金もあるし頭もいい。それに比べて私はお金もなければ頭も悪い。どうすればいいいんだ」と問われ「努力は必ず報われる」と言って励ましてはみるものの、説得力のなさを感じる。でも、世の中をつぶさに観察すると、多くの法則を発見することができる。

私は、幸せになるべくお膳立てされた人生や、その逆の人生、高い能力や大きな使命を帯びて生まれてきたり、そうでなかったりと、生まれる前から約束されていることがあるように感じている。「○○するために生まれてきた」という言葉があるように、生まれつき抜群の身体能力を持っていて、スポーツで大きな記録を打ち立てる人がいる。音楽や演劇の世界でも、小さい頃から才能を発揮する人がいて、何十年間も努力してきた人を、たった数年間の努力で追い越す人もいる。不平等だとは思うが、各人それぞれ、その人に合った生き方があるような気がするんだ。

**学生**　「自分がどんなに努力しても、あの人にはかなわない」という人は確かにいる。それは、人には前世というのがあって、その人が前世でそれを経験していたのではないかという気がするからだ。だから私は、あの世というのがあって、この世と繋がっていて、あの世とこの世を行ったり来たりしていると思っているんだ。もし人生が一回きりなら、恵まれた環境に生まれるかどうかで人生が決まってしまうのは、納得できない。これほど不公平なことはない。でも、実際は全て公平にできていて、あの世とこの世を何回も行ったり来たりしながら、人それぞれ色々な人生を経験しているのではないか。だから、今は苦労の連続であっても、それは自分にぴったりの、用意された人生だと思えばいい。

いやなことがあったとき、振り返ってみると「あのことさえなければ、このこともなかったのに」とか「あれとこれとこれのどれか一つでもなかったら、こういうことも起こらなかったのに。全てが繋がっていて、最初から仕組まれていたんだ」と思うことがある。我々は常に目に見えない何者かに操られているのであり、一人で勝手に生きているのではない。

今が不幸だからといって、今後もずっと不幸であるとは限らない。大切なのは今を精一杯生きることで、他人をうらやんだりしないことだ。人それぞれ与えられた能力、身体、使命などがあり、差があってもいい。最近、そう思うようになった。

**公務員**　確かにそうだね。私たちは母親の胎内で育てられてこの世に生まれ、やがて死んで行く。始まりがあれば終わりがあるように、始まりの前に何かがあり、終わりの後にも何かがあると考えてもいいのではないか。仮に、始まりの前すなわち、母親の胎内に命が宿る前の世界があり、また、死んでから行く世界があるとして、それがどんな世界であるか考えてみるのも、おもしろいと思う。

**看護師**　格差社会が世界中の至る所で問題になっている。人はなぜ、幸せな人と不幸な人に分かれるのか。なぜ、人の上に立つ人と、人の下で働く人とに分かれるのか。生まれながらにして健康で裕福で頭が良く、家族愛に満たされている人がいる一方で、病弱で貧乏で頭の回転が悪く、暴力的な家庭に生まれる人がいる。その理由が知りたい。

国が平等に扱おうとしても、生まれた時点で大きな差がついていて、どうすることもできない。男女平等の問題も、いまだに解決しない。永遠に解決しないのではないだろうか。もし本当に神がいるのなら、世の中の矛盾をなくして、全ての人を幸せにしてほしい。

**会社員**　同じように努力していても、思い通りに成績を上げられる人と上げられない人がいる。上げられる人は更にやる気が出て、またやる。すると、更に成績が上がる。逆に、成績を上げられない人は自信をなくして、やらなくなる。どうして、同じように頑張っても、差が出るのか。
「努力が足りない」とか「やり方が悪いからだ」と言われるが、それ以外の何か宿命的なものを感じることがある。あの世や前世があって、それがこの世の人生に影響するというような話があったが、それは当たっているような気がする。

**看護師**　それでは、この世で不幸なのは、前世が悪かったからだと言うの？

**会社員**　そうじゃない。不幸のどん底から、努力を重ねて大成功を収めた人もいる。その人は、苦労をして一生懸命に考えるために最悪の環境に生まれさせられたのかもしれない。

**看護師**　そんなことを言われても、納得できない。

**会社員**　納得できないから、研究するんだよ。私は、人それぞれに幸不幸の原因がどこにあるのかを考えてみたくなってきたんだ。神はあるかないか、あの世があるかないかを含めて色々考え、研究した結果、ないという結論になれば、それはそれで結構だ。しかし、神もあの世もあり、それが私たちの人生に大きく関係しているのであれば、更に研究する必要がある。研究してその仕組みが分かれば、格差社会や男女平等の問題が解決でき、多くの人が幸せを手にすることができるだろう。

四人がそれぞれ疑問を投げかけたり、意見を言い合ったりしているとき、突然目の前の巨大画面が光り、中から声が聞こえた。

君たちがいくら話し合っても結論は出ないだろう。あの世は確かにある。

人間は最初、あの世で「心」が生まれ、そこに命が吹き込まれる。

この世に誕生せよとの命令を受けると、心が女性の胎内に送り込まれ「体」が形成される。

その後、心と体は重なり合って共に成長し、この世に誕生するのだ。

誕生後も、心と体は重なり合ったまま活動する。

死ぬときは、心と体が分離する。すると、心はあの世に帰り、体はこの世で朽ち果てる。

心はあの世でも生き続け、その後、再びこの世に誕生せよとの命令を受けると、新しい体を伴って、再びこの世に生まれてくる。

そうやって、人間は何百万年も前から、あの世とこの世を行ったり来たりしている。

例えば、この世に五十年生き、死んであの世に行って五十年生き、またこの世に生まれて来て八十年生き、死んであの世に百年生きるというふうに、何回も生まれ変わっているのだ。

この世で十年しか生きられない人もいれば百年生きる人もいるように、あの世でも、五十年生きる人もいれば二百年も三百年も生きる人がいる。

また、何万年も前に生まれて、この世に百回も二百回も生まれ変わった人もいれば、千年くらい前に生まれて、十回くらいしか生まれ変わったことがない人もいる。

人それぞれ、人生の経験年数が違うわけだ。

君たちも昔から何回も生き変わり死に変わりして現在に至っているのだよ。

今からA、B、Cの三人が、あの世とこの世を行ったり来たりする姿を映像で見てもらう。

見れば、なぜ現在のような格差社会になっているのかが、よく分かるであろう。

ただし、大昔の映像は省略し、西暦十一世紀から始める。

これを見た後、なぜ君たちが、今ここに生きているのかが分かったら、これからの生き方を自分自身でよく考えよ。


話が終わって光が消えると、四人は画面に釘付けになった。そこには、A、B、Cの三人が、A→B→C→A→B→Cの順に、あの世とこの世を九回ずつ行ったり来たりする様子が映し出されていた。

# 第1章

## A ✦ 怠け者の狩猟民

最初に、Aという、ある男の一生と、死後の様子が映し出された。

この世に初めて生まれたのは、今から約五万年前のことである。その後、五十回生まれ変わりを繰り返してきた。大昔の映像は省略され、話は十一世紀から始まる。

Aはある村で、男に生まれた。この村の人たちはお互い助け合いの精神が旺盛で、貧富の差はなく平等であった。皆で力を合わせて狩猟に当たっており、各人の働きの良し悪しを問わず、収穫物は皆で均等に分け合っていた。

Aは狩猟技術が未熟であり、いつも仲間に比べ成果は上がらなかった。それでも仲間が均等に分けてくれるものだから、それに甘え、狩猟技術の向上に努めることなく日々を過ごしていた。「やってもやらなくても、自分の取り分は同じだから、やらない方が楽でいい」と考えていたからである。また「あの世などは存在せず、偉い人が都合のいいように勝手に作り出したもので、死ねば何もなくなる」と考えていた。結局、怠け癖は一生涯直らなかった。狩猟技術は上がらず、成果のない人生を五十歳で閉じた。

この世での最後の眠りに入って意識がなくなると、重なり合っていた「心」と「体」が分離し、死んだ。そして、心は上昇し、体は地上に置き去りにした。しばらくすると意識が戻り、横たわって動かなくなっている自分の体がはっきりと見えた。

死ねば全てが終わると考えていたので驚いたが、すぐに、以前から何回もあの世とこの世を行ったり来たりしていることを思い出した。「これから、あの世に行くのか。あまり成果がなかったなあ」と、今までの怠惰な人生を振り返った。

「あの体は、もう使えなくなったんだな。長い間、ありがとう。さようなら」と言って、遠くへ、遠くへと離れて行った。自分の体が見えなくなったとき、あの世に着いていた。

---

Aの体は消滅したが、心は生き続けている。夢を見ているのか、本当に死んだのか、この世界はいったい何なのか、不思議な気分になった。しばらくたつと、大きな広場に出た。そこは死んだ人が最初に行く場所で、どんな英雄でも大悪人でも、必ず行かなければならない。

「みんなの広場」と呼ばれていて、その広場の中央には泉が湧いている。

泉の周辺には大勢の人が集まっていて、長老たちが仕切っている。長老たちは気さくな人ばかりで、賑やかな雰囲気をかもし出している。ここでは、自分の人生について振り返る機会が与えられ、自分の行いについて、嬉しかったこと、悲しかったこと、自慢できること、不満に思ったこと、また反省すべきことについて自由に話すことができる。

Aは人に頼る人生を送っていたが、そのことは隠し「狩猟を得意としていた」と自慢げに話した。怠惰な人生について特に反省することはなく、嘘を交えて振り返った。長老から非難されることもなく、また、ほめられることもなかった。その後、長老から今後の予定について告げられた。

**長老**　明日の朝、裁判所で裁判が開かれる。君があの世でやった全ての行為についてだ。人間は、あの世とこの世の二つの世界を、行ったり来たりしている。君はあの世の生活を終えた。つまり、死んだのだ。死んで、この世に来た。分かるか。

**A**　はい。あの世とは、私が死ぬ前に住んでいた世界ですね。さっき、私の体とお別れをしてきました。今は心だけになって、軽やかです。歩かなくても、行きたい方向へ、勝手に行きます。裁判所はどこにあるのですか。

**長老**　あそこに見える白い建物が裁判所だ。そこで判決を受けたら、裁判所を出てすぐ下にある「六道の辻」に行く。

「六道」とは上から順に、天道、人道、修羅道、畜生道、餓鬼道、地獄道の六つの世界。

六道の辻とは、六つの世界に通じる分かれ道である。

六つのうちのどこに行くかは、裁判で言い渡される。

そこが次の生活の場になるのだ。


翌朝、長老に言われたとおり、みんなの広場の一番奥にある裁判所に行き、裁判に臨んだ。

裁判所には、裁判を司る神（以下「裁判神」または「裁」と書く）が一切を取り仕切っていて、検察官や弁護士はいない。傍聴席には多くの人が裁判を見守っていて、緊張感が漂っている。


裁判神はAに言った。

**裁判神**　今から、君のあの世における行いについて裁判を行う。君があの世でやってきたことで、人に自慢できること、反省していること、不満に思っていることなど、何でもいいから話しなさい。

**A**　はい。私は狩猟が得意で、いつも自分の捕った獲物を仲間に分け与えていました。仲間からはたいそう尊敬されていたと思います。今度生まれ変わっても、狩猟民に生まれ変わりたいものです。狩猟の苦手な人には、私が教えてあげようと思っています。

と言ったとき、裁判神の表情が急に険しくなったのを感じた。Aは、このまま嘘をつき続ければ大目玉を食らうと思い、先ほどの話を撤回した。

**A**　すみません。私は嘘をついていました。撤回します。私は、個人の収穫量の多少に関係なく、村の人たちが山分けしてくれるのをいいことに、怠けていました。狩猟技術は全然向上していません。

**裁**　君は何のためにあの世に行っていたのかな。

**A**　何のためと言われましても……。

**裁**　人間はあの世で共同生活を営むに当たっては、最低限、仲間の足を引っ張らないよう努力しなければならない。努力した結果が良くないのならまだしも、努力を怠り、仲間の好意に甘えるなどは許されない。君は向上心に欠けている。せっかくあの世に生まれながら、向上する努力を怠った。人間以外の動物も厳しい環境を生き抜いているのに、君は助け合いの仕組みを利用して、甘えきっていた。違うか。

**A**　おっしゃるとおりです。

**裁**　君の村に鎮座する大仏さんの姿を思い浮かべよ。左手を膝の上に置き、手のひらを上に向けて施しを受けている。受けているばかりではいけない。右手をかざして手のひらを前方に向け、施しをしているのだ。君はいつも、両手を膝の上に置いていた。右手をかざすことは一度もなかった。そうだな。

**A**　はい、そのとおりです。周りの親切を当然のように受けてばかりいました。

**裁**　お互いに、もらったら、与える。これを繰り返せば、世の中がうまく循環する。だが、君のように、もらってばかりする者がいると、うまく循環しなくなる。努力せずに人の助けに甘えてばかりいた君は、失格だ。周りの者も悪かった。君の将来のために、努力することを教え、向上の手助けをする程度にとどめるべきであった。

君は、特に悪事を働いたわけではないが、ほとんど功績がなく、一からやり直しだ。修羅道に行き、そこで厳しい先輩と生活を共にして、鍛えてもらいなさい。次にあの世に生まれ変わる日が来るまでに心を入れ替えるのだ。生まれ変わる日が来れば、連絡が来る。

**A**　わかりました。修羅道とはどんな所ですか。

**裁**　鍛錬の場と思えばいい。君のような怠け者は、先輩から厳しい指導を受けなければならない。少しでも怠けると、先輩から鉄槌を加えられるぞ。

修羅道は戦いの世界であるが、他人との戦いとは限らない。自分との戦いの場でもある。

人間はとかく自分に甘くなり、易きに流されるので、厳しい指導者が必要になる。自分自身を磨くんだ。

Aは裁判所を出て、六道の辻に降りた。このまま修羅道に行くのは気が進まないが、仕方なく修羅道の中の「鍛錬の町」に行った。そこには厳しい先輩たちが待ち受けていた。あいさつを済ませると、さっそく厳しい指導を受け、狩猟技術が人並み以上になるまで、毎日練習をさせられた。

獲得した獲物はまず、鍛錬の町を監督する神（以下「監督神」または「監」と書く）に捧げることを教えられた。漫然と監督神に獲物を届けると、心の底まで見透かされていて、「感謝の気持ちがこもっていない」と叱られた。次に先輩から、町の最長老に届けるよう命じられた。「自分の捕った獲物をどうして他の人に捧げるのだ」と不満に思っていると、それも見透かされ、捕った獲物を全部没収されて、一からやり直しを命じられた。

「食事ができるのは神様のお陰だ。感謝をしろ」「獲物を捕れるのは大先輩の教えのお陰だ。自分が食べるよりも先に大先輩に届けて、食べていただくのだ」と、感謝と順序礼節について先輩から厳しく教えられた。

三十年間先輩たちから精神をたたき直してもらうとともに、狩猟技術を向上させ、人道に上がった。人道には、自分を鍛えてくれる厳しい先輩はもういない。あとは自分自身を律し、向上するしかない。楽をしようと思えば修羅道より楽ができるが、向上するには自分に厳しい姿勢が必要になる。

人道で二十年間暮らしていると、誕生を司る神（以下「誕生神」または「誕」と書く）から呼ばれた。

**誕生神**　君はもう一度あの世に行って修業するのだ。怠け癖を直し、向上して戻ってきなさい。どんな苦難にも耐え、自分を磨くのだ。つらいことがあっても、自分のためと思って辛抱するのだ。今度は女に生まれなさい。生まれ行く所は、父親が暴力的であり、母親は育児に熱心でない、しかも村は争いの絶えない所だ。そこが君の修業の場だ。いいか？

**A**　はい、どんな所でも行きます。行かせてください。

**誕**　よし、それでは君の母となる女性のお腹《なか》の中に送り届けてあげよう。ただし、あの世で修業できるのは三十七年間だ。

## B ✦ 村の飢饉《ききん》でも食料を独り占めした女

次に、Bという、ある女の一生と死後の様子が映し出された。

この世に初めて生まれたのは、今から約八万年前のことであり、その後、百回生まれ変わりを繰り返してきた。そして今回、ある村の狩猟民の長女として生まれた。大人になって結婚し、三人の子供を産んだ。夫は毎日、朝早くから夕暮れまで狩猟をして食料を獲得していた。一方、Bは炊事や子育てなどして家事のほとんどを担っていた。三人の子供は順調に育ち、近所の子供たちとも仲良く遊んでいた。ただ、Bも夫も仲間意識が薄く、やや自己中心的な性格であり、近所付き合いもあまり良くなかった。

Bは倹約家で、夫が持ち帰った食料を全て料理して食べ尽くすのではなく、毎日少量をコツコツと備蓄していた。飢饉が来るかもしれないと思っていたからである。当時、村では飢饉に備えて備蓄する習慣はなく、近所の人たちは誰も備蓄していなかった。備蓄しない人々に対し「備蓄をしないで大丈夫かな」と心配していた。

その後、心配していたとおり、村に飢饉が襲い、飢える人が続出した。備蓄していない人たちに対し「備蓄していない人が悪いのだ」という気持ちを持っていた反面、かわいそうだという気持ちもあって、家の備蓄の食料を近所に分け与えようとした。しかし夫に反対され、断念してしまった。その結果、Bの家族は生き残ったが、近所の人たちの多くが飢え死にしていった。

近所の人たちに分け与えるべきだったと悔やむ一方、夫に反対されたのだから仕方がないとも思っていた。子供たちに、備蓄の大切さや困っている人たちに救いの手を差し伸べることを教えたかったが、自分が実行しなかった手前、子供たちには何も教えられなかった。

飢饉から十年が経過し、四十五歳で亡くなる直前、子供の頃に親から「良いことをすればあの世で褒美《ほうび》が与えられ、悪いことをすれば、罰を受ける」と教えられていたことを思い出した。「村中が飢饉に見舞われたとき、備蓄していた食料を村人に分け与えなかった。あの世に行けば罰を受けるのではないか」と不安になった。そのことを気にしながら意識がだんだん薄らいでいく中で、「心」が「体」から離れていくのを感じた。そして意識を失うと心が宙に浮き、体を地上に置き去りにした。しばらくすると意識が戻り、心がぐんぐん上昇して、自分の体がどんどん遠くに見えるようになった。

心と体が一体になっていたときは体の重みを感じたが、今は心だけで実に軽やかである。というよりも、体はないので、動かすこともない。「体はあるように感じるが、実際には、ない」という不思議な感覚で、夢を見ているようでもあるが、夢ではなく、現実である。
上昇しようという意識はないが、勝手に上昇する。明るさも暗さも、色も何も感じない不思議な空間を、どれくらいの時間をかけ、どれくらいの距離を移動したのか分からないまま、あの世に到着した。

✦

Bがみんなの広場に到着すると、祖母が目の前に現れた。懐かしさのあまり祖母の胸に飛び込み泣き出すと、言われた。

**祖母**　あんたはもう死んでしまったんだ。別の世界に来ているのよ。
**B**　このあと、私はどうなるの？　どうすればいいの？
**祖母**　今日は、あの世でやってきたことを振り返って、悪かったと思うことは反省しなさい。明日、あの世の行いについての裁判があるから、正直に話せばいいのよ。
**B**　どんな罰を受けるか心配で……。
**祖母**　うん。厳しい判決を受けるかもね。近所付き合いが良くなかったのが原因だわ。人はお互いに助け合わないと生きて行かれない。普段から食料を交換したり、掃除当番に参加したりしていたら、飢饉のときに近所の人を助けていたと思う。もし配っていれば、子供たちに良い見本を見せることができた。徳を積んだり罪滅ぼしをしたりする絶好の機会だったのに、逃《のが》してしまった。もったいないことをしたね。

Bが祖母と一緒に広場の中央にある泉の前に行くと、長老たちが出迎えてくれ、これまでの出来事を色々聞いてくれた。最後に「明日の朝、君のこれまでの行いについて裁判があるから、裁判所に行きなさい」と言われた。

翌朝、裁判所に行くと、裁判神が裁判を指揮していて、祖母が傍聴席に座っていた。その他にも、裁判に興味のある人たちが来ていた。

**裁判神**　君は飢饉に備え、食料を備蓄していた。それは、いいことだ。しかし、その後がいけなかった。わかるか。

**B**　はい、わかっています。十分な備蓄があったので、近所の人に配ろうとしましたが、夫に反対されたので断念しました。夫の反対さえなければ、近所の人に配っていたのです。

**裁**　確かにそうだな。でも、飢え死には、最も苦しい死に方と言われている。飢えている人の苦しみを考えれば、夫の反対を押し切ってでも近所の人に食料を配るべきだった。そうすれば飢え死にする人はもっと少なくて済んだはずだ。近所の人が助かって感謝してくれれば夫も理解してくれただろう。

**B**　でも、食料は全て夫が収穫したものであり、私は反対できません。

**裁**　そうかな。それが本心かな。本当は、家族が第一で、近所の人に分け与えると自分の家族も飢えてしまうという気持ちの方が強かったのであろう。

**B**　それもそうです。申し訳ありません。

**裁**　たとえ少しずつでも配るべきだった。死んだ人たちは、当時は君が備蓄していたことを知らなかったが、死んでこの世に来てから、そのことを知ることになった。君が備蓄していて近所に配ろうとしたが、夫に反対されてできなかったこと。それと、家族が第一という気持ちもあって配らなかったことはみんなが知っている。今後はその人達と一緒に暮らすことになる。

**B**　ええっ、そんな……その人達に合わす顔がありません。

**裁**　しかし、それがこの世の決まり事だから、どうしようもない。この世では、人の過去や心の中が全て分かってしまうのだ。君の行き先は、餓鬼道だ。餓鬼道で、飢え死にした人と同じ苦しみを味わってもらう。

**B**　餓鬼道とはどんな所ですか。

**裁**　餓鬼道とは、飢えとひどい暴力に苦しむ世界である。この世は下から、地獄道、餓鬼道、畜生道、修羅道、人道、天道の六つの世界で構成されている。その上には、神仏の世界があり、人間を超越した、神仏が住む世界だ。君は下から二番目の餓鬼道に住むことになる。

裁判が終わると、祖母が悲しそうな顔をしていた。Bも悲しみと不安でいっぱいになった。祖母と一緒に裁判所を出て、すぐ下にある六道の辻に降り立った。ここで祖母と別れなければならない。「餓鬼道では苦しい目にあうと思うけど、辛抱しなさい。言い訳は一切せずに、ひたすら謝るのよ」と言われた。

恐る恐る、餓鬼道への道を進むと、餓鬼道の中のある村に着いた。その村には、かつてBと同じ村で餓死した人たちばかりが暮らしていた。その人たちは、Bに対する強い恨みを持っていて、Bが死んでこの村に来るのを待ちかまえていた。みんな、やせ細っていて、目を覆いたくなる。体がないにもかかわらず、心が完全にやせ細っているために、そう見えるのである。「私は今はやせていないが、飢えに苦しみ、いずれは同じような姿になるのだろう」と不安に感じた。

あの世では、一週間も飲食しなければ死んでしまうが、この世では死ぬことがない。体がないのに空腹感に襲われ、いつまでも飢えの苦しみが続く。消化器官も何も、全く内蔵がなく、肉体すらないのに、なぜ腹が減るのか、不思議な感覚に襲われた。「少しでも食べ物を分けてくれていたら、私たちは死ななくて済んだのに」と言って、多くの人に殴られた。その度に「夫に逆らってでも、近所の人に配るべきだった」と悔やんだ。二十年間何も食べず、空腹に耐えながら、謝罪して回ると、やっと村人全員が許してくれた。

次に行ったのは畜生道である。畜生道は、恨《うら》み、憎《にく》み、ねたみ、ののしりの世界である。

畜生道の中にもたくさんの町や村があり、Bが行った村にも、顔なじみの人たちが飢えに苦しみながら暮らしていた。ここでも、たいへんな恨み、憎み、ねたみ、ののしりの攻撃を受けた。人々の厳しい視線が感じられ「村の会費を払わずに、食料を備蓄していたのか」「自分の子供たちにはお腹一杯食べさせておいて、私たちには米粒の一つも分けてくれなかった」といった声が聞こえるように感じた。口に出して言われなくても、相手の心の中が見えてしまう。また、面と向かって言われることも度々で、食べ物を持っていないのを知っていながら「食べ物をよこせ」と迫られる。何を言われても耐えるしかなく、人々に謝罪して回り、二十年かけて何とか全員の許しを得た。

その上の修羅道に上げられたが、苦しみは続く。Bが行った村にも、かつて近所に住んでいて餓死した人たちが暮らしていた。ここでも、十五年間、殴られたり、恨み言を言われたりして、苦しんだ。上に上がるほど、少しずつ楽になるが、それでも、この世での五十五年の歳月はあまりにも長かった。Bは辛抱たまらず、村の監督神に願い出た。

**B**　人々の私に対する攻撃がとても長く続き、もう耐えられません。

**監督神**　みんな、あの世で色々なことをやってきて、ここでその報いを受けている。自分なりに反省し、次の世に活かしているのだよ。

**B**　自分でも何がいけなかったのかよく分かっていますし、反省しています。今まで一生懸命に耐えてきましたが、もう限界です。もう一度、あの世に行かせてください。

**監**　もう少し辛抱すれば、人道に上がる。そうすればぐっと楽になるし、次に生まれるときには、いい環境に生まれることができるだろう。もう少し辛抱してみてはどうかな？

**B**　もう限界です。あの世に生まれ変わらせてください。

**監**　そうか。でも、条件はきついぞ、本当に。もう少し耐えれば少しは良くなるが……。

**B**　もう、無理です。

**監**　それなら、誕生の神様に取り次いであげよう。

監督神はBの願いを誕生神に取り次いでくれた。

**誕生神**　あの世に生まれ行くからには、成長して帰って来なければならない。成長するためには幾多の苦難を乗り越える必要がある。人間があの世で苦労を強いられるのは、苦労して自己を磨く必要があるからである。特に君は本来この世で受けるべき苦痛を途中で回避してあの世に行くのであるから、この世で受けるべき苦痛の数倍の苦痛をあの世で受けなければならない。これがあの世とこの世の掟である。これは神といえども破ることはできない。

**B**　わかりました。何でもお受けします。

**誕**　よし、それなら条件を言い渡そう。君は今度も女として生きなさい。そして自分を大切にするのと同じくらい、他人を大切にする人間になるのだ。特に、結婚したら、自分の親と同じように、夫の親を大切にしなさい。ただし、家族の者は君につらく当たる。いじめの横行する社会で生きるのだ。前倒ししてあの世に行くのだから、それくらいの厳しさは辛抱しなければならない。これらの条件を全て受け入れることができるか。

**B**　できます。どんなに苦しいことがあっても辛抱します。

**誕**　それでは君のお母さんを選定し、お腹の中に送り届けよう。

## C ✦ 動植物に感謝した男

更に場面が変わって、Cという、ある男の一生と死後の様子が映し出された。

この世に初めて生まれたのは、今から約十万年前のことであり、その後、百回余り、生まれ変わりを繰り返してきた。そして今回、漁師の次男として生まれた。この漁師村の人たちは神やあの世の存在について考えることはなく、また、食事をするときに、感謝して食べ物を頂くという習慣もなかった。

漁師兄弟の兄は漁の名人と言われていたが、大量に捕獲した魚を単なる物として扱っていた。仕分けする際に投げたり、不要と判断すれば海中に投げ捨てたりしていた。そこには魚に対する哀れみの気持ちのかけらもなかった。一方、弟のCは兄ほどの腕前はなかったが、「することが遅い」と言われながらも、魚を丁寧に扱っていた。買われずに傷ついてしまった魚は、もったいないと思い、持ち帰って食べていた。

Cは結婚して子供を授かり、幸せな家庭を築いた。子供にも漁の技術を教え、父親としてもまずまずの男として村では評価されていた。鶏肉《とりにく》が好きで、毎日のように食べていたが、鶏《にわとり》が生まれ、育てられ、殺されて調理され、食卓に運ばれる過程について、特に意識はしていなかった。

ある日、信心深い村長が村人を集めて次のように説教した。

皆の食事のとり方を見ていると、どうも感謝の気持ちが足りず、食べ物を粗末にしているようにしか思えない。そこで言っておく。よく聞いてくれ。

人間が生きるためには、動植物の命を犠牲にしなければならない。一軒の家で鶏肉料理を頂くとき、一羽の鶏が犠牲になっている。その鶏は人間に食べられるために生まれ育ち、殺されて食べられるのである。魚の世界では、弱い魚、小さな魚が、強い魚、大きな魚に食べられる。動植物の世界でも、草や果実が小さい動物に食べられ、その小さい動物はもっと大きい動物に食べられる。こうして、弱い者は強い者に食べられるために生まれ、死んで行き、命を繋いでいるのである。

我々は、こうした歯車の営みの中で生きているのであり、もし歯車がどこかで狂い、この関係が崩れてしまえば、たちまち他の動植物も生きられなくなる。我々人間は、この関係の中で頂点に立っており、その責任たるや重大である。そのことを肝に銘じ、金儲けのために、必要分を越えて乱獲するようなことは絶対にしないでくれ。

動物を食料とするために飼育する人は、命を奪うことを前提としてその命を預かっているのであるから、責任重大だ。命を粗末にしてはいけない。また、動物を殺したり野菜を収穫したりする際には「ごめんなさい」や「ありがとう」といった詫びの気持ち、感謝の気持ちを込めるべきである。それは、生き物に宿っている魂と自分の魂との会話であり、口先だけのものであってはならない。しっかり気持ちを伝えれば、理解してくれる。

他の動物を殺さなければ命を繋ぐことができないのは悲しいことであるが、これが世の定めである。むごいことであっても、動植物にとってはそれが使命であり、次の段階に進むことができるのである。

我々の食生活は、こうした動植物の犠牲の上に成り立っている。動物を殺す際に詫びることなく殺したり、食べるときに感謝することなく食べたりすると、報いが来て、来世では立場が逆転することもある。何事も、相手の立場を考え、大切にすることだ。

もし自分が動物になってこの世に生まれ変わってきて、囲いの中で生活をさせられ、やがては殺されて人間に食べられてしまうとしたらどうだろうか。食べた人間が世の中に少しでも貢献してくれれば、命を捧げてやってもよいかもしれない。しかし、何の役にも立たない人間に食べられたならば、納得できないだろう。

人間が一生の間に犠牲にする動植物の命はどれだけの数になるのだろうか。それを考えるとき、人間の命のいかに尊いものか。命を捧げてくれた動植物のためにも、何としてでも世の中に貢献しなければならない。それができない者は人間の資格を剥奪《はくだつ》され、動植物に転生させられ、人間に食べられる動植物の悲しい気持ちが分かるまで人間に戻れない。

我々は神に生かされていることに感謝するとともに、多くの人や動植物に支えられていることに感謝しなければならない。特に、自分の命を投げうってまでも栄養源になってくれている動植物に対しては、深く感謝しなければならないんだ。

村長の話を村の動植物も聞いていた。動植物には村長のやさしい気持ちが伝わり、満足げに笑顔を浮かべていた。一方、人間の中には、村長の話を真剣に聞かない者が多数いた。

Cは、何の感謝もなく食べていた自分が恥ずかしくなるとともに、動植物に対する詫びの気持ちが心の底から湧いてきた。そして、犠牲になってくれる動植物にもっと意識を向けて、感謝して頂くべきだと気持ちを切り替え、子供たちにも村長の話を聞かせて教育した。鶏が生まれ、育てられ、殺されて調理され、食卓に運ばれる過程についても、目の前で見せて教えた。おいしくないと思えば簡単に捨てている子供の姿を見ると、厳しく注意した。哀れみ深い男になり、魚に限らず、他の動植物に対してもやさしく接し、大切に扱った。犠牲になった魚や他の動物たちの供養も欠かさなかった。年齢を重ね、村で指導的立場になったとき、村人に対し、村長の話を思い出して聞かせた。その中には、少数ながらも真剣に聞いて実行する者がいた。

Cが年老いて体が動かなくなり、最後の眠りについたとき、自分の一生が夢に出てきた。若いころ「することが遅い」と叱られている姿や海に落ちて溺れている姿、村長の話を子供たちに教えている姿などが次々に出てきた。その夜、村人に惜しまれながら、五十歳で亡くなった。心が体から離れて目が覚めると、自分の遺体にすがりついて泣いている家族の姿や、悲しんでいる村人の姿が、はっきりと見えた。

✦

心がぐんぐん上昇し、自分の遺体が見えなくなったと思うと、今度は、目の前に見たこともない美しいお花畑が広がっていた。みんなの広場に来ていることに気付かず、お花畑の美しさに見とれていると、前方から祖父が迎えに来ていた。

**C**　おじいちゃん、生きていたの。死んだはずじゃなかったの？

**祖父**　お前は、何を言っているんだ。自分が死んだことがわかってないようだな。お前は死んであの世からこの世に来たんだ。お前こそ、死んだのだぞ。

**C**　ええっ。死ぬときは「死ぬ」と、はっきり分かると思っていたのに、全然分からなかったよ。いつ死んだの？　海で溺れているところまでは覚えているんだけど……ああ、家族や村人たちが泣いていたよ。あれは夢ではなく、現実だったのかぁ。これから、どうすればいいの？

**祖父**　この世ではあの世のしきたりは通用しない。これからはこの世のしきたりを必ず守るんだ。今いる所は「みんなの広場」という広場だ。一番奥に裁判所がある。この世に来れば翌朝には裁判が始まり、あの世での行いに対する評価が下るんだ。

ところで、あの村長の話だが、俺もこちらで聞いていたよ。食べ物に対する感謝の気持ち、生き物を殺すときの詫びの気持ち、俺にはなかった。恥ずかしくなったよ。お前はよく村長の話を聞いて実践したものだ。子供たちにもしっかり教育したし、たいしたもんだよ。

そう言いながら、祖父はみんなの広場の中央にある泉に連れて行ってくれた。そこには長老たちがいて、あの世におけるCの話を色々聞いてくれた。最後に「明日の朝、裁判所に行くように」と言われた。

翌朝、裁判所に行くと、裁判神が裁判を指揮していた。あの世と違い、検察官も弁護士もいない。いるのは、傍聴席で裁判を見守る人たちだけである。

**裁判神**　あの世に何をしに行ってきたのだ。少しでも、向上することはできたのか。

**C**　向上ですか。そういえば、前回、この世を去るとき、神様から「自分を磨き、少しでも向上して帰ってくるように」と言われ、その約束をしましたが、あの世へ行くなりその約束を忘れてしまいました。狩猟技術は少し向上したと思いますが、社会貢献はあまりできませんでした。でも、村長さんのお話はためになり、実践しました。

**裁**　人間があの世に行く大きな目的は、第一に向上することである。向上するには、

○　知識、技能を身につける。簡単には身につかない。努力が必要で、苦労がつきまとう。苦労することで磨かれ、向上するのだ。

○　体を鍛え、厳しい環境の中でも耐えられるだけの体力を身につける。病気に負けない健康体をつくりあげるのだ。

○　世のため人のためになることをする。獲得した獲物を貧しい人に分け与えることでもいい。寄付することは、苦しんでいる人を助けることになり、自分の欲望を抑える力にもなる。

○　神や自然、人に対して感謝し、人や動植物にやさしく、人間性豊かになること。
　立派だと思う人の真似《まね》をすればいいんだ。

Ｃ　ところで、君は自身の向上のために、どれだけ取り組み、努力をしたのだ？
　努力はしたつもりですが、途中で諦めてしまったことがたくさんあります。せっかくあの世に行ってきたのに、残念です。

裁　そうだな。努力してもなかなか実らないことがある。そこで諦めずに努力を続けることが肝心であるのに、君は諦めてしまった。何をするにも苦労はつきもので、諦めずに努力して、何か知識や技能を身につけて帰ってくればよかったのに……。
　それにしても、村長はいいことを言っていた。君は村長から大切な話を聞いて、それを子供や村人にも教え、実行させた。子供や村人たちも食べ物や自然を大切にし、やさしい心の持ち主となった。それがあの世での成果だ。村長に感謝しなさい。そして、今までの行いで悪いところは反省し、次にあの世に生まれたときはどんな人生を送るか考えておくのだ。それまでは、人道の最下層の町で暮らしなさい。そのすぐ下は修羅道で、少しでも怠けていると、修羅道に落ちるぞ。

Ｃ　わかりました。人道とはどんな所ですか。

裁　人道とは、あの世では「中流」とか「中間層」とか言っている。漁の技術を教える自信があるのなら、教えてほしいという人に教えてあげなさい。それが君のこの世における徳になる。あの世に生まれ変わるときが来れば、連絡する。

参考までに言っておくが、村長の話を聞いて実践しなかった者は、現在、畜生道や餓鬼道で罰を受けている。君は村長の話を聞いて実践したから、よかったのだ。

**C**　はい、村長さんに感謝します。

裁判所の裏側に出口があり、すぐ下にある六道の辻に降り立った。六つの入口があり、それぞれ、「天道」「人道」「修羅道」「畜生道」「餓鬼道」「地獄道」と書かれている。

六道の辻は人道の中間層の高さにあり、人道に行くには入口を入って平坦な道を進む。天道に行くには、坂道を登る。修羅道以下へは、坂道を下るようになっている。

Cが平坦な道をしばらく進むと、緩やかな下り坂になり、人道の最下層の町に着いた。そこでは、中間層らしき人たちが、協力し合って暮らしていて、あの世の延長のような気がした。すぐに打ち解け、漁の技術を教えながら仲良く暮らした。五十年後、誕生神に呼ばれ、言われた。

**誕生神**　今度も男に生まれてもらう。貧乏な家庭に生まれるが、周囲にも貧しい人がたくさんいる。君のやさしさを十分発揮してきなさい。

C　はい、わかりました。

誕　それでは君のお母さんになる女性のお腹に送り届けてあげよう。ちなみに、あの世では、赤ちゃんが生まれると喜び、人が死ぬと悲しむ。ところがこの世では、人が死んでも、つまり、あの世に生まれて行っても、悲しまないんだ。

あの世では、人の生死に喜怒哀楽するが、この世では、人の生死にあまり喜怒哀楽しない。だから、君がこの世を去るときは誰も悲しまない。しかし、あの世に生まれたとき、あの世の人、特に両親はたいへん喜んでくれると思うよ。その喜びと期待に応えるべく、精進努力しなさい。

# 第2章

## A＊子供に農耕を教えた女

十二世紀に入った。再び、Ａの話である。

今度は農耕民族の長女に生まれ変わった。誕生神が言っていたとおり、父は暴力的で、母は育児に熱心ではなかった。しかも、村は荒れ果て、争いが絶えなかった。生まれる前、誕生神から示されたこれらの条件を全て受け入れた。しかし、生まれたときにはその記憶は全て消し去られていた。「どんな所でも行きます」と言った記憶も前世の記憶も消し去られていた。その一方で、怠け癖は残ったままである。今世での課題は、悪い環境の中で、いかに怠け癖を克服し、向上心を培うかである。

幼少の頃から父の農耕を手伝わされた。父は一生懸命に農耕を教えてくれたが、同じ村の男と田んぼに引く水の取り合いをして負けると、その腹いせに、Ａに暴力を加えたりした。母が助けてくれることはなく、我慢するしかなかった。そんないやな生活が長く続き、父の目を盗んでは農耕の手を抜いていた。「もっといい米や野菜を作る方法はないか」と努力・研究する気持ちは全く起こらず、二十歳で結婚した。

夫は勤勉で、毎日農耕に励んでいたが、収穫量は満足できるものではなかった。それでもAは、農耕を手伝ったり、技術を習得したりしようとはしなかった。二人の男子を授かり、円満な家庭を築いていたが、不幸が襲った。夫が農耕の技術を長男と次男に教えようとしていた矢先、同じ村の男たちに収穫した米を強奪されそうになり、抵抗して殺されてしまったのである。Aも夫も三十五歳のときだった。

悲しみのあまり家事は全く手に着かなかった。毎日のように墓参りをし「これから、どうやって生きていけばいいの。戻ってきて……」と嘆くばかりである。こんな日々を過ごしているうち、子供たちが家事をやり始めた。それでもAは家事が手につかず、子供たちが、夫の残してくれた収穫物を料理して食いつないだ。とうとう底をつきかけたとき、今度は子供たちが田を耕し始めた。ほとんど何も分からないまま、誰かに教えてもらうこともなく、毎日、懸命に耕した。そのとき、Aの魂はついに覚醒した。子供の頃、父から教わった農耕の技術を思い出して農耕を始め、子供たちに教えたのである。

農耕をしている母の姿を見たことのなかった子供たちは驚き「お母さんって、農耕できるの？」とか「なぜ今まで、何もしなかったの？」とか聞いてきた。Aは「お母さんはね、小さい頃からお父さんに農耕を手伝わされ、仕方なくやっていたの。だから、あまり身についてないのよ。でもね、こうなったら、もう一度やるしかないでしょ。今度は一人前になってみせるわよ」と嬉しそうに答えた。子供たちがAのことを初めて頼もしく感じたときであった。

子供たちは母親思いで、仲良しである。Aも子供の将来を楽しみに農耕に励み、子供たちに基本的なことを教えながら「もっといい米や野菜を作る方法はないか」と研究し始めた。ようやく向上心が芽生えたのである。

ところが、天はまたしても非情であった。子供たちと農耕をしていたとき、少し離れた所で争いが始まった。自分には関係ないと思い、漫然と農耕を続けていたとき、強風に乗って飛んできた矢がAに刺さった。矢を放った男のことを恨み、仕返しをしようと思ったが、徐々に意識がなくなっていくのを自覚した。死の直前、二人の子供に言った。

**A**　死にたくない。ずっと、あなたたちと一緒に農耕をしていたい。もし、お母さんが死んだら、もし、死んだら……。

**長男**　お母さん、死なないで。お母さんに農耕を教えてもらわないと、僕たちだけじゃ、無理だよ。ねえ、お母さん。

**A**　どんなことがあっても、諦めずに農耕を極めるのよ。二人仲良く、協力してやれば、必ずできる。お母さんが最後まで教えてあげたかったけど、もうだめ。ごめんね。

**次男**　死んじゃあ、いやだよ。しっかりして。

**A**　魂が体から抜け出るような気がする。この矢さえ、なかったらね。矢を放った男が恨めしい……。

そう言い残し、三十七歳で非業の死を遂げた。子供に農耕を少ししか教えていなかったので、子供の将来に対する不安の大きさは計り知れなかった。残された子供たちは途方に暮れた。長男十五歳、次男十三歳である。

心と体が分離し、心が少し宙に浮いたとき、意識が戻った。二人の子供が遺体にすがりついて泣き叫んでいるのが見えた。「このままずっと愛情を注いでやりたい。戻りたい。戻って傷を治し、一緒に農耕をしたい。子供が成長し、その将来が楽しみだったのに……」と、何度も何度もそう思ったが、心は自分の体に戻れず、徐々に体から離れていった。子供たちの姿が見えなくなったとき、あの世に到着していた。

―――✦―――

Aは悔しい思いをしながら、みんなの広場にたどり着くと、夫が来ていた。

Ａ　あなた……会いたかった。私、つらい。あの世に残してきた子供たちのことが心配でならないの。

夫　俺も心配だよ。先に死んでしまって、本当に悪かった。死んでこちらに来ると、すぐに新しい生活が始まった。俺は修羅道で訓練を受けているんだ。訓練の合間も君たちの生活が気になって、見守っていたんだ。君が子供たちに農耕を教えているとき、近くで矢が飛び交った。そのとき、俺は君に「危ない！　家の中に入れ！」と叫んだが、届かなかった。悔しかったよ。すぐに神様の許しを得てここに来た。君に詫びの気持ちと感謝の気持ちを伝えたくて。

Ａ　詫びと感謝の気持ちだなんて。私が言わないといけないのに。それに、悪いのは、あなたを殺した男たちよ。あの男たちが恨めしい。

夫　俺が死んだ理由だが、こちらに来て神様に教えられた。なぜ殺されたかを。それは、普段、収穫した米や野菜を、飢えに苦しんでいる人たちに分け与えてこなかったからだと。自然はみんなのもので、自然のお陰で収穫できる。だから、収穫物を独占せずに、少しでもいいから、分け与えていれば、殺されることはなかったと。

Ａ　じゃあ、自分で育てて収穫したものも、みんなのものということなの？

**夫**　そうだ。普段から「収穫物はみんなのもの」という気持ちを持っていれば、強奪されそうになったとき、抵抗することはなかったはずだ。そうすれば、殺されることはなかった。「自分で収穫したものは全部自分のもの」という気持ちがそうさせたんだと。自然のお陰で農耕ができていることに感謝しなければならなかったんだ。

更に落胆させられることを言われた。俺が三十五歳で死ぬことは、生まれた時点でおおむね決まっていたそうだ。

**A**　ええっ。どうして？

**夫**　俺は生まれる前に神様と、三十五歳までに独占欲を改善する約束をしていた。それがあの世での課題だった。村は荒れ果て、飢えている人がたくさんいたのだから、もし近所の人に配ったりしていれば、運命が変わっていて、寿命が四十五歳くらいまで延びていた。約束の期限までに課題をやり遂げることがなかったので、予定どおり三十五歳で死んだそうだ。悲しいことに、そんな約束をしていたことは、ほとんど記憶から消されていた。少しだけ残っていたんだが……。

収穫物を独占してはいけないのではないかという気は何となくしていた。配ろうという気もあった。でも、実行しなかった。神様との約束は果たせなかったよ。不合格だ。

**A**　そんなぁ。厳しすぎる。三十五歳までに独占欲を改められるかどうかが、運命の分かれ道だったなんて。

**夫**　そうなんだ。もう、遅いよ。でも君は、俺が死んだ後、子供たちに一生懸命に農耕を教えてくれた。ありがとう。それが一番言いたかったことだよ。子供たちは将来、立派に成長すると思う。それを祈るしかない。

明日の朝、君の裁判があるから、裁判所に行くんだ。

**A**　わかった。今度、いつ会えるの？

**夫**　わからない。たぶん、もう会えないと思う。裁判で君の行き先が言い渡されるけど、家族が同じ場所に行ったという話は、聞いたことがない。行き先が違えば、もう会えない。だから、急いで会いに来たんだ。

**A**　もう二度と会えないなんて、いや。あなたと一緒に、あの世に戻りたい。

**夫**　それができれば、そうしたいんだが、できないんだ。この世とあの世の決まりだから。もう、修羅道に戻らなければならない。今まで、本当に、ありがとう。さようなら。

Aは、胸が張り裂けそうになった。それでも悲しみをこらえ、翌朝、裁判を受けた。

**A**　私は、父から暴力を受けながら育ちました。農耕を教えられましたが、身が入りませんでした。結婚してからも、夫の農耕を手伝いませんでした。夫が死んでから、子供たちに農耕を教え始めたのですが、矢が刺さって死んでしまいました。悔しいです。矢を放った男を恨みます。

**裁判神**　そうか、そうか。恨みと悔しさでいっぱいなんだね。あまり嘆くと、君自身にも、子供たちにも悪影響を及ぼす。後ろを振り返らずに、前を向いて進むんだ。

**A**　私の夢は息子たちを立派な農夫に育て上げることでした。父から教わったことを思い出し、自分なりに腕を磨き、息子たちに教えました。息子たちも意欲的に農耕に励み、このまま順調に行けば立派な農夫になってくれるものと期待していました。それなのに私は男の放った矢によって死んでしまったのです。あの男が憎いです。できれば仕返しがしたいです。私と入れ替わりにあの男をここに来させ、私を元のあの世に戻していただけないでしょうか。もう一度、息子たちと農耕がしたいのです。

**裁**　気の毒だが、それはできない。一旦この世に来てしまったら、もう戻れない。君ができることといえば、息子たちの成長を祈ることだ。君とあの世にいる息子たちとは心と心で繋がっており、成長を祈ることで、息子たちは成長し、良い方向に導かれる。

話は変わるが、君が今日ここに来ることは、君があの世に誕生するときに、おおむね決まっていたのだ。思い出したか。以前、誕生の神様に、修業の期間は三十七年間であると言われたことを。

**A** はい、思い出しました。私が暴力的な父と育児が熱心でない母の元に生まれ、育てられることを。そして、私のあの世での修業は、怠け癖を克服し、向上心を培うことであったことも。

**裁** あの世に誕生するときに、約束事を記憶していればいいのだが、それは許されない。過去のことは忘れさせられる。だから、あの世に生きているときには、自分が三十七歳で死ぬことは分からない。分からないから、死ぬことを心配せずにあの世で精一杯生きられるのだ。

**A** 記憶になくても、怠け癖は直さなければならなかったのですね。

**裁** そうだよ。誕生の神様に提示された「父親が暴力的であり、母親は育児に熱心でない、しかも争いの絶えない村」という条件を受け入れたから、生まれさせてもらえたわけだ。厳しい父親だったが、一生懸命に農耕を教えてくれた。そのときが、怠け癖を直す最初の機会だった。しかし、君はそれを逃《のが》した。次は、夫の農耕を手伝う機会に恵まれた。しかし、これも逃した。怠け癖を直す機会を二度も逃したのだ。そこで、往生《おうじょう》を司る神様（以下「往生の神様」または「往生神」と書く）は君の命を絶たなければならなくなった。それに使われたのが、矢を放った男だ。あの男を恨んではいけない。夫の収穫量は満足できるものではなかったのだから、農耕を夫任せにしないで手伝うべきだった。手伝っていれば、もっと早くに農耕の腕が上がり、怠け癖が改善されたと評価されて、君の寿命も延びていた。そうすれば、もっと子供に教えることができたであろう。

**A** はい。怠け癖が原因ですが、夫が亡くならなければ、と今でも思ってしまいます。

**裁** そうだろうな。しかし、君の怠け癖が向上心に変わったのは、夫が早くに亡くなったからだ。夫が三十五歳で亡くなるということが初めから約束されていたことは、聞いて知っているだろう。実は、君が結婚し、死別することも、最初から約束されていたんだよ。だから夫の死を嘆いたり、君や夫を死に追いやった男を恨んだりしてはならない。

君は最後に向上心を培った。それは評価する。子供もよく育てたと評価できる。しかし、怠け癖を直すのに時間がかかりすぎたことと、人を恨んだことは、減点に値する。人を恨むと心を重くし、階位《かいい》を下げてしまう。

**A** 階位とは何ですか。

**裁** あの世に階級や地位、役職というものがあるように、この世にも階位というものがある。階位には、一人ひとり、一位から何億位までの厳然たる序列があり、善行、悪行によって、刻一刻と順位が入れ替わっている。少しでも上位を目指すべきで、そのためには、善を思い、善を行い、悪を思わず、悪を行わないことである。善を行うと階位が上がり、悪を行うと下がる。また、人を尊敬したり人に感謝したりすると心が軽くなり、階位が上がる。逆に人を恨んだり憎んだりすると心が重くなり、階位が下がる。先ほどの君のことを言っているのだ。

あの世では親子関係や上司部下、先輩後輩という上下関係があっても、下位の者が上位の者に反抗しようと思えばできる。しかし、この世の上下関係は厳格であり、下位の者が上位の者に反抗することは絶対にできないようになっている。

この世は上から、天道、人道、修羅道、畜生道、餓鬼道、地獄道の六道で構成されており、たとえ天道に行っても、行いが悪ければ人道に落ち、更にもっと下に落ちることもある。逆に善行を重ねれば、下から上に上がることもできるようになっている。君は修羅道で修業するのだ。

**A**　修羅道で夫に会えるのですか。私はかわいい子供たちをあの世に残してきました。とても心配です。修羅道ではどんな苦しいことにも耐えますから、夫と一緒に暮らしたいです。一緒に子供たちの成長を祈りたいのです。

**裁**　同じ修羅道でも、修業内容が違えば、住む町も違ってくる。夫は、自分が苦労して収穫したものを独占せずに、恵まれない人に施す修業をしている。慈悲の心を養っているのだ。ところが君は、怠け癖を更に払拭しなければならない。他人を恨む心も払拭しなければならない。だから、同じ町には住めないのだ。

この世では、心が全てである。君が今やるべきことは、父と夫に感謝し、君と夫が早く死んでしまったことを嘆かないこと。そして子供の成長を祈るのはいいが、心配し過ぎないことである。更に、怠け癖を克服し、次の世での善行を固く誓うこと。そうすれば、前よりもいい条件で再びあの世に生まれることができる。誕生の神様が呼んでくださるまで、修羅道で修業をしていなさい。


Aには死後の新しい生活が待っていた。判決後、六道の辻に行き、修羅道に通じる道を進んだ。楽しかったことを思い返して感謝をすれば心が浮き上がり、人を恨んだり自分の不幸を嘆いたりすると心が沈んで行くのが感じられた。できるだけ良いことを思い返して感謝しようと心掛けたが、それでも悔しい感情が勝《まさ》ってしまう。沈んで行くのが分かっていながら、ただ感情に流され、自分の不幸を嘆いた。修羅道の戦場で矢が飛び交っているのを見ると、自分をあやめた男を捜し出して、矢を放とうと考えたくらいである。あの世で二人の子供が悲しんでいる姿を思い浮かべると、つらくてたまらなかった。

その後、Aは気持ちを切り替え、子供の成長を祈るとともに、何事も前向きに考えるように努めた。また、父に厳しく育てられていたときに怠け癖を直さなかったことを深く反省した。父が厳しかったことの意味がやっと分かり、父に感謝できるようになった。
息子たちの幸せを祈りながら、再生のときを待っていると、五十年間いた修羅道から人道に上がることを許された。人道に上がるとすぐに誕生神からお呼びがかかり、Aの保証人として、天道に住む曽祖父も呼ばれた。

**誕生神**　次は男に生まれなさい。頭脳はあまり良くなく、大した特技もない。そこで努力し、向上するのだ。周囲から何と言われようが、前を向いて努力するのだよ。

**A**　はい。今度は向上心を持って、世のため人のために働くことを誓います。

**曽祖父**　私が保証人になります。この子は前世での怠けを反省し、今度こそ、向上心を持って人生を全うすることを誓いました。私もそれを信じます。どうかこの子を再生させてあげてください。必ず社会に貢献する立派な人間に育て上げます。

**A**　曾祖父の期待に応えられるよう、精進努力します。

## B ✦ 真心を込めて家族を介護した女

再び、Bの話である。貧しい家庭の長女として生まれ変わった。父とは幼少の頃に死別し、母に育てられた。母は信心深い女性で、教えを厳格に守り、Bも厳格に守っていた。幼少の頃、よく近所の子供たちにいじめられたが、母はその度に、教えてくれた。


いじめっ子はかわいそうだね。自分が満たされないから、人をいじめるのだよ。

あなたをいじめる子は「こんなことをすれば、きらわれるよ」と教えてくれているの。

だから、いじめられても反抗せずに「ああ、かわいそうな子」と思っておきなさい。

あなたが自分自身を大切にしているのと同じように、他の人も自分自身を大切にしているのよ。決して人の心に傷をつけてはいけない。心は永遠に生き続けるのだから。

あの世に行けば心だけになり、あなたの一言が相手の心に傷をつけていれば、その傷があなたにも見えるのよ。あなたはその傷を治せるの?


その母は、Bが成人する頃になって死の床につき、「私の言ったことをしっかり守って生きなさい。人様のために尽くすのよ」と言って、息を引き取った。「こんなに立派な人がどうしてこんなに短命なのだろうか」と疑問に思い、悲しんだが、母が言っていた「人それぞれ、神から課せられた使命がある。表面上の幸不幸を見て判断してはいけない」との教えを思い出し、気丈に生きることに。

母の教えを厳格に守り、その後は結婚して長男と長女を授かった。家庭は、夫とその両親、すなわちBから見れば、舅《しゅうと》と姑《しゅうとめ》、それと二人の子供の六人家族である。Bの村では家父長制が普通で、良妻賢母を求められ、自らもそれを当然のように目指した。舅と姑につらく当たられ、夫も味方をしてくれることはなかった。また、息子も娘もなかなか言うことを聞かなかった。夫や舅、姑に対し孝を尽くし、子育てにも一生懸命に取り組んだが、評価してもらえずにいた。

ある日、年老いた舅が病気になり、姑から看病するよう言われて、一人で看病を始めた。舅にわがままを言われて困ったことも多々あったが、母から教わったことを思い出した。「自分を苦しめる人に対してこそ、感謝しなさい。その人のお陰で自分が成長するのだから」と教えられたことである。いやな顔一つせず、笑顔でかつ感謝の気持ちを込めて看病に当たった。しかし、看病の甲斐なく亡くなった。姑からは看病の仕方が悪かったからだと責められ、夫もそれに同調した。

その後も、家事全般、特に子育てに関し、姑からいやみを言われては夫から追い打ちをかけられた。Bが悪いわけではない。夫と姑が悪いだけである。家を出てもおかしくないところであるが、当時のこの村では、家を出るという観念すらなかった。

一年後、今度は姑が病気になった。夫に看病を頼まれ、一人で看病した。姑は少しでも気に入らないと、不満を言ったり、物を投げつけたりしたが、それでも姑に対する感謝の気持ちを持って接した。あるとき姑は、仕事から帰った夫に「さっき、嫁に殴られた」と嘘を言い、それを信じた夫から暴力を受けたが、反論することなく暴力を受け入れた。普通は「こんな姑は早く死んでくれればいいのに」と思うところであるが、そんなことは一切思わずに、真心を込めて看病を続けた。しかし、その甲斐なく姑は亡くなった。

今度は夫が「お前の看病の仕方が悪かったので母が亡くなった。お前は母が亡くなったらいいと思って、看病の手を抜いていた。看病しているときに笑顔を見せていたが、あれは母が衰えていく姿を見て笑っていたんだろう」とまで言われ、暴力も受けた。

家事を一生懸命にこなし、子供の教育にも熱心であったにもかかわらず、夫は「どうせ、俺のいるときだけ一生懸命にやっている振りをしているのだろう」と言って、職を持たないBにつらく当たった。それでも、家族のことを第一に思い、家事をこなした。子供の教育にも熱心に取り組み、言うことを聞かない息子と娘の教育に苦労していた。

あるとき息子と娘に、

柄《え》の長さが身の丈ほどもある柄杓《ひしゃく》を使って、複数の人が井戸水を飲もうとしている。ただし、柄の手元以外は鋭いとげが付いているため、持つことができるのは、柄の手元だけである。そのため、柄の先を手元にたぐり寄せて柄杓の合《ごう》(水が入る丸い部分)を自分の口元まで持ってくることができない。

この長すぎる柄杓を使って水を飲むのであるが、餓鬼道の人は、合に汲んだ水を自分の口元に持ってこようとしても、柄が長すぎて口に届かず、飲むことができない。皆が永遠にこれを繰り返している。一方、天道の人たちは、いとも簡単に水を飲んでいる。どうやって飲んでいるか、考えておきなさい。

と言って、あえて答えを教えなかった。

また、人前で自分の善行を見せびらかす息子に対し、

善行は人の見ている所でするのではなく、人の見ていない所ですべきなの。人の評価を気にするのではなく、自然と体が動くようになりなさい。

あなたは、人が見ているのを確認してから「僕はいいことをしていますよ」と人に訴えかけている。実に見苦しい。そんなのは恥ずかしいから、やめなさい。

善行は人の目を盗んで、隠れてでもやりなさい。

と諭した。

家族や村人たちに対し、利益を度返視して常に献身的であるBの言葉は説得力があった。しかし、実母と同様、短命であった。無理を重ねたことで、病に倒れた。家事が止まったことで、夫は自己の過ちに気付いた。今まで、家庭内における妻の働きがいかに重要であったかに、ようやく気付いたのである。これまで何もかもしてくれていた一切を自分がしなければならなくなり、初めて妻のありがたみが分かった。

夫は枕元で泣きながら言った。「俺は収入のないお前のことを見下していた。収入のある俺の方が偉いと思っていた。俺は馬鹿だったよ。もっとお前を大切にしていたら、こんなことにならなかったのに、本当に申し訳ない。お前がこれからも健康でいてくれたら、お前がやってくれていたことを俺がもっと負担する。家族全員で負担しあって、協力しあって生きて行けるのに。俺はどうしてもっと早く気付かなかったんだ……」。

息子も続いた。「お母さん、ごめんなさい。僕はずっとわがままで。最近になってやっとお母さんの言うことが分かるようになってきたんだ。これからはお母さんの言うことをよく聞いて、お母さんの手伝いをしようと思っているから」。その後は泣くばかりであった。

娘も泣きながら言った。「お母さんにもっともっと教えてもらいたいことがある。どうすれば、長すぎる柄杓で井戸水を汲んで飲むことができるか、答えを教えてほしい。死なないで、お母さん。お母さんに迷惑をかけた分、親孝行させてほしい」。

Bは嬉しくてたまらなかったが、話すこともできず、ただ涙を流すだけであった。そして三人が見守る中、三十五歳で亡くなった。

✦

Bがみんなの広場に行くと、実母と一緒に、舅と姑がいた。最初に実母が言った。

**実母**　よくやったね。お父さんとお母さんが、どうしてもあなたに謝りたいって。聞いてあげて。

**B**　私は当然のことをしただけなのに、謝ってもらうなんて……。

**舅**　俺はあの世であんたにひどいことをした。本当に申し訳ない。俺が病に倒れたとき、あんたが仕方なく看病をしていると思っていたんだけど、死んでこの世に来たとき、心を込めて、誠心誠意、看病してくれていたことを神様から教えられたんだ。
女房が病に倒れたとき、あんたが看病している姿をここから見るように、神様から言われた。姿だけでなく、心の底まで見ることができたんだよ。心を込めて看病してくれていたんだ。女房はひどいことをしていたけど、それでも感謝していたんだ。我々には考えられないよ。あんなにひどいことをされて、それでも感謝できるなんて。
それに、言うことを聞かない孫たちをよく教育してくれた。二人ともきっと立派に成人するよ。俺は恥ずかしくて、本当はあんたに合わす顔がないんだけど、ここで謝っておかないと、永遠に後悔すると思って、神様とお母さんの許しを得て、恥を忍んでやってきたんだ。

姑も泣きながら言った。

**姑**　私は畜生道に落ちて、みんなから責められています。今日は神様とお母さんの許しを得てやって来ました。私もこの世に来て、あなたの心の中を見せてもらいました。あんなにいやなことをされても私に感謝してくれていたなんて、私は恥ずかしくてたまりません。罰を受けて当然です。
あなたはいいお母さんに育てられたわね。お母さまも、よくぞこんな立派な娘さんをお育てになりましたね。私は息子をまともに育てられなかった。自己中心的な人間にしか育てられなかった。私に少しでも利他の精神があれば、息子に教えてあげられたのに。そしてあなたの人生を、もっと楽しい人生にしてあげられたのに。幸せな家庭の中心に置いてあげられたのに……。

その後は泣いて言葉にならなかった。

翌朝、Ｂの裁判が始まり、先に姑が裁判神に涙ながらに訴えた。

**姑**　女性は男性に虐げられてばかりで、本当に、女性は一生、苦労するようにできています。この男女差は何とかならないものでしょうか。もちろん、息子の育て方が悪かった私に、こんなことを申し上げる資格がないことは重々承知の上ですが、この娘《こ》には本当に申し訳ないことをしてしまいましたので……。

**裁判神**　君の言うことはもっともだが、その考えが通用するようになるのは、もっと先の時代である。今はその考えは通用しない。はっきり言おう。今は、女は男女平等を主張しすぎてはならない。男女は全てが平等というわけではなく、男を立て、引くべきときは引かなければならない。それが現代女性の最も大切な修行であり、これを全うしなければ、いつまでも女に生まれることになる。

女は出産して子育てをするように、また体力が必要とする仕事はできないように、男よりも体力的に劣るようにつくられている。更には、性格的にも闘争心が旺盛ではなく、献身的な仕事ができるように、心やさしくつくられている。家庭で夫を支え、子供を育てるようにつくられていることが多い。

逆に男は出産がなく体力的に恵まれていることから、仕事をして社会に貢献し、家庭を経済的に支えなければならない。男には男の立場や自尊心がある。体力的にきつい仕事をし、ときには命をかけるときもある。仕事ができないと、上役から怒鳴られたり殴られたり、金銭を巻き上げられたりする。それでも歯を食いしばって耐えている男もいる。

**姑**　私の息子も、きつい仕事をし、歯を食いしばって耐えています。

**裁**　それはいい。しかし、男の中には、収入の多くを自分のものにし、家庭を顧みない者がおり、そんな男は男として失格である。まして、自分の体力にものを言わせて妻を自分の意のままに動かそうとするなどは大失格である。強い力は仕事で発揮しても、女に対して発揮してはならないのだ。

**姑**　はい、私がもっと息子に言って聞かせるべきでした。

**裁**　そうだな。今は神の深遠なる意思の元に創られた時代だから、男女がお互いに理解し合うしかない。どちらが得かは何とも言えない。男には男にしかできないことがあり、女には女にしかできないことがある。大切なことは、お互いに足りないところを補い合い、協力することである。決して相手の足りない部分を責めてはいけない。男と女には、理由があって、それぞれに差を持たせているのだ。男女がそれぞれの役割を果たしていけば、いずれは男女平等の世の中が来る。

ついでだから言うが、印象の悪い漢字に女偏が多い。そのことに君は不満を持っているだろう。例えば、妖《あや》しい、嫌い、妨げ、嫉妬《しっと》、奴《やつ》、といった漢字だ。いずれ後世の人が漢字を変えてくれるだろう。

**姑**　はい、わかりました。

**裁**　次に、Ｂに判決を言い渡す。君は恵まれない環境に生まれ育ち、夫、舅、姑によく尽くした。更には息子と娘をよく教育し、使命を果たした。合格点をあげよう。

**B**　ありがとうございます。

**裁**　誕生の神様に呼ばれるまで、天道で待っていなさい。あの世では、天道は、遊興・道楽の世界と言われているが、実はそうとは限らないので注意するように。

判決を受けると、実母、舅、姑と共に裁判所を出て、六道の辻に降りた。自分だけ天道に行くのは申し訳ないと思ったが、三人とも自分の天道行きを祝福してくれている。四人ともそれぞれ行き先は違い、もう二度と会うことはないと思い、別れを惜しんだ。

天道に行くと、みんな楽しそうに活動していた。餓鬼道などに落ちて飢えている人のために食べ物を持って行く人、負傷した人の手当をするために修羅道などに出向く人、自分の趣味に興じている人、賭け事などをして遊んでいる人、様々な人たちがいる。あの世にいるときは、天道とは遊興・道楽の世界と聞いていたので、餓鬼道などにいる人たちに食べ物を届けたり、負傷している人のためにわざわざ戦場に行ったりする人の心境が理解できずにいた。あの世で大変苦労したので、天道で苦労することはないと思っていたのである。

Bは料理や和歌に興じていたが、もっぱら趣味でやっていたのであり、他人のためにやっていたのではなかった。裁判神から天道の説明を受けた際「遊興・道楽の世界とは限らないので注意するように」と聞いて気になっていたが、意味が分からないまま過ごしていた。

五十年ほど天道にいたが、日を追うごとに住人が変わり、料理の味が落ちたり、下手な和歌を詠んだりしていることに気付いた。知らない間に天道から人道に落ちていたのである。しばらくして、人道を監督する神に言われた。

**監督神**　君はもう、天道での生活を終え、人道に来た。あの世での人格の向上と善行を認められ、天道の住人になっていたが、十分楽しんだであろう。あの世で積んだ徳を使い果たしたので、人道で修業してもらうことになったのだ。いつ誕生を命じられるか分からないので、準備しておくように。

Ｂ　はい、わかりました。ところで、あの〜、私はあの世にいるとき、天道は遊興・道楽の世界であると聞いていました。ところがこの世に来たとき、裁判の神様から「天道は遊興・道楽の世界とは限らないので注意するように」と聞いて気になっていました。意味がよく分からなかったのですが、どういう意味だったのでしょうか。

監　そうか。確かに、天道は遊興・道楽の世界である。君は天道に行ったとき、餓鬼道などにいる人のために料理を届けたり、傷の手当てに出向いたりしている人を見かけたであろう。一方で、趣味に興じたり、賭け事をしたりしている人も見かけたであろう。前者は他人のためにしているのであり、後者は自分のためにしているのである。どちらも遊興・道楽に浸っている。どちらを選ぼうが、本人の自由である。自由であるが、それによって、その後の世界が変わっていく。

あの世には、天道は好きなことをして遊んで暮らせる世界だと勘違いしている人が大勢いるが、本当の天道とは、人を愛し、苦しんでいる人を見ると助けたくなる人が集まる所である。苦しんでいる人のために働き、人に喜んでもらうことを生き甲斐にする人のみが暮らすことを許される。君はどうだったのかな。

Ｂ　すみません。趣味に興じてしまいました。

監　そうだな。そして、それを初めから教えてもらっていれば、前者を選んだであろう。それを分かっていて、あえて、神は教えなかった。なぜか。それは、自然に任せておくと、君の本性が出るからだ。教えてもらわなくても他人のために活躍するところに人としての価値がある。神はそれを人に求めているのだ。決して、意地悪をしているわけではない。

たった一回の人生で、人に尽くすやさしい性格が定着するわけではない。人にやさしい、奉仕の精神が旺盛な、高い人格は、何回も立派な人生を積み重ねてこそ定着して本物になるのである。確かに君のあの世での行動は立派であった。しかし、それが本物であるかどうかは、その後の生き方を見れば分かる。人に奉仕する生き方をすれば本物であり、しなければ本物でないことになる。

B　はい、そうですね。あの世では、自分では大変な苦労をし、それによく耐えたと思っていました。でも、心のどこかに、身内と赤の他人との区別があったのですね。

監　そうだな。ほんのわずかにあった。夫の両親に対する思いと同様の気持ちが、下界で苦しんでいる人に対してもあれば、前者を選んでいたんだ。夫の両親に対しては、やさしく看病せざるを得ない環境も手伝った。

しかし、この世に来れば、下界の人に対し、そんな環境下にない。環境下にないにもかかわらず、慈悲の手を差し伸べれば本物だ。天道ではそれが求められている。神から見て、理想の人間であり、そのような人こそ、神仏界に行く資格があるのだ。

**B**　私には高すぎます。人道がふさわしいです。

**監**　そんなことはない。神仏界を目指すのだ。あの世で荒波に揉まれ、自身を磨け。いやな人間が周囲を取り囲むのは、神が修業のために差し向けているからだよ。しっかり修業しなさい。次に天道に行ったときは、趣味に興じるのもいいが、どちらが大事かをよく考え、ほどほどにしておくのだ。

その後も十年間、人道で過ごし、誕生神に呼ばれ、生まれ変わった。

**誕生神**　君は惜しくも天道から人道に落ちた。次は中流家庭の長男に生まれなさい。少し厳しい環境を用意している。いじめにあうこともある。辛抱できるか。自信がなければ、誕生を見送ろう。

**B**　大丈夫です。自信があります。すぐに生まれ変わらせてください。

**誕**　よし。あの世では、生活に困っている人がたくさんいる。困っている人を少しでも多く助けなさい。

## C ✦ 遺言状を偽造した男

再びCの話である。貧困家庭の次男として生まれ変わった。兄と弟が一人ずついて、兄弟仲は良い。父とは幼少期に死に別れ、母に育てられた。母は仕事が忙しく、あまり愛情を注いでくれなかった。食べ物も満足に与えられなかったが、それでも、近所にいる更に貧しい友達に食べ物を分けてあげていた。困っている人がいると救いの手を差し伸べる、やさしい心の持ち主であった。しかし、そのやさしさにつけこむ者がいて、度々だまされて金銭を失っていた。

十二歳になった頃、近所の男に盗みをそそのかされて盗みをし、その責任を全て負わされたこともあった。三年間牢屋に入れられ、盗人と一緒に暮らしたことにより、人が信用できなくなり、かつてのやさしさは消えていた。

三年の刑期を終えて家に戻ると、母と兄弟は温かく迎えてくれた。その後、三兄弟は三人とも職を得て独立し、家庭を築いた。Cは家族のために一生懸命に働き、二人の子供を育てた。収入は良くなかったが、子供の成長が何よりの励みである。

母は一人暮らしで、兄弟三人ともあまり母に寄りつかなくなっていた。五十歳を過ぎても働いて貯金をしていたが、軽い認知症を患っていた。Cは母をかわいそうに思い、たまに訪ね、話し相手になったりしていた。その後、認知症が更に進行したとき、母の財産を目当てに面倒を見ることにし、頻繁に母を訪ね、食事の世話をしたりした。兄と弟もたまに母を訪ね、身の回りの世話をしたり話し相手になったりしていたが、あまり熱心ではなかった。Cは母の気を引くため、愛情を注いでいる振りをし続けた。

母の認知症が重くなったとき、それにつけ込み、母に、自分にとって有利な遺言状を書かせようとたくらんだ。まず、遺言状を代書すると話を持ちかけ「私の全財産を息子三人に三等分して、与える」と書かれた遺言状を、母の字とそっくりな文字で書いた。更に、母の署名まで代書して、母に確認させた。それを見て母は喜び「あんたはいい子だね。私の面倒をよく見てくれるし、兄や弟のことを思ってくれている。安心してあの世に行けるよ」と涙を流した。

次に、もう一通「私の全財産の半分を次男に分け与える。残りの半分を長男と三男に半分ずつ分け与える」と別の遺言状を書き上げた。認知症が進んだ母は、Cの意図が分からず、言われるままに、遺言状に拇印を押した。Cは、本当は全財産を得たかったが、それでは兄弟に怪しまれ、猛反発されると考えたからである。その数か月後、母は亡くなった。

葬儀の後、兄と弟の面前で、いかにも偶然その遺言状を発見したかのように装い、兄弟に見せた。兄も弟もそれを見て「確かに母の字だ。拇印も母の親指のようだ。Cが母の面倒をよく見てくれたから、母がそう決めたのだろう。それでいい」と納得してくれた。

その二十年後、兄弟が亡くなり、最後にCが亡くなった。

✦

先にこの世に来ていた母と兄弟は、真相を知って怒っていた。Cはそのことを知らない。みんなの広場に到着すると、目の前に現れた母の顔を見て驚いた。「一生懸命に面倒を見てくれてありがとう」と言ってくれるはずの母が、怒った顔をしている。母は長老に諭されて何も言わずに引き下がった。そして長老はCに言った。

**長老**　明日の朝、君のあの世における評価を下すために裁判が行われる。あそこにある白い建物が裁判所だ。明日の朝、行くように。

**C**　どうしてですか。私はあの世で、子供の頃の罪を償っています。大人になってからは何も悪いことをしていませんので、裁判を受ける筋合いはありません。

**長老**　この世の裁判は、あの世のように逮捕されて法廷に引きずり出されるのではなく、自ら悪事を自白して裁判に臨むのである。自らの過ちを自ら反省し、償いをすることに意義がある。それによって、この世での行き先が決まり、新たな生活が始まるのだ。

**C**　どうしても裁判を受けなければならないのですか。私は母の面倒を、精一杯、真心を込めて見ました。良いことをしても、悪いことはしていません。

**長老**　悪いことだけではなく、良いことも評価される。自分の良いところも悪いところも裁判を司る神様に話せばいい。その評価に基づき判決が下され、この世での行き先が決まって新たな生活を始められるのだ。

**C**　もし裁判を受けなければ、どうなるのですか。

**長老**　先ほども言ったとおり、裁判を受けて行き先が決まる。裁判を受けなければ行き先が決まらない。つまり、永遠にここに留まることになる。

**C**　では、裁判を受けます。先に進むには、そうするしかないですね。

Cは遺言状を偽造したことが知られているのではないかと、一抹の不安を抱いていたが、誰も知らないから大丈夫だと自分に言い聞かせ、翌朝、裁判に臨んだ。傍聴席には、母と兄弟、それと、幼少の頃に死別した父も来ていた。

**裁判神**　君のあの世での行いで、良い点、反省すべき点があれば、言ってみなさい。

**C**　はい、私は母が年老いたとき、ほとんど一人で面倒を見ていました。母から、孝行息子との評価を得ています。

**裁**　君はお母さんの遺産を兄弟で均等に分けずに、半分をだまし取ったとの記録があるが、どうかな。

**C**　いいえ、そんな～。私は一生懸命に母の面倒を見、母が遺言状に同意してくれたのです。だまし取ったわけではありません。

**裁**　お母さんが同意してくれたのは、兄弟三人が均等に分け合うという遺言状だよね。

**C**　は、は、はい。でも、私が半分もらうことにしていても、母は同意してくれたと思います。母は日頃からそう言っていましたし、ほぼ私一人で面倒を見ていたのですから。

**裁**　そうかな。内心は、お母さんの遺産が欲しくて、一生懸命に面倒を見ている振りをしていたのではないのかな。実際にはあまり何もしていなかったのではないのかな。

**C**　そんなことはありません。私を育ててくれた母に感謝の気持ちを込めて面倒を見ていました。本当は遺産なんか欲しくなかったのですが、母がそうしたいと言うものですから。

**裁**　そうか。言いたくなければ、言わなくてもいい。家族で話し合いなさい。ただし、階位はうんと下がり、畜生道に行く。畜生道は、恨み、憎み、ねたみ、ののしりの世界だ。しっかり反省するように。

判決を受け、納得しないまま、両親と兄弟の前に出された。兄以外は、みんな険しい表情をしている。なぜだか考えているうち、重大なことに気付いた。死んでこの世に来て、心だけになり、体はない。口も耳もないのに、会話はできる。言葉ではなく、心と心で会話している。そこで、はっとした。

傍聴席を見渡すと、人の心の中までよく見えるではないか。見えるというより、分かる。自分のことを「馬鹿！　嘘つき！　恥知らず！」などと言っている。ということは、同じように、自分の心の中、すなわち「悪事が発覚するのではないか」と心配している心の中は全て、裁判の神様、親兄弟や傍聴席の人に見抜かれているということではないか……。頭の中が真っ白になった。

確かに親兄弟を見たとき、心の中が丸見えで、何を考えているかが瞬時に読みとれた。「兄は許してくれているが、両親と弟は怒っている」と分かった。ここに来てやっと、お互いの心の中が丸見えで、隠しようがないことに気付いた。両親と弟に対し「兄貴は許してくれているのに、なぜ許してくれないんだ」と心の中で叫んでいることも。あの世であれば「本当にごめんなさい。僕が悪かった」と心にもないことを言って相手をだませるのだが、言う前に心の中で思ってしまっていて、隠せない。

Cは焦った。遺産目的に母の面倒を一生懸命に見ている振りをしていたことだけでなく、あの世では隠せた一切の醜《みにく》い心がこの世では全然隠せない。ああ、終わった。今さら何を言っても始まらない。何も話したくない。一刻も早く、ここから逃げ出したい。そう思った。

しかし、思うように体が動かない。怒っていた両親がやがて泣き出し、自分も悲しさのあまり泣き出した。そして階位が急落し、畜生道に落ちた。ちなみに、Cを許した兄は階位が少し上がり、許さなかった両親は少し下がった。激怒して恨み続けた弟は、心がかなり重くなり、階位がかなり下がった。

畜生道に行くと、周りには、やさしそうな人が取り巻いていた。「貧乏人の私にお金を恵んでくだされば、幸せになれる」とか「私にお金を預ければ、一年後に倍になる」とかの甘言を持って近づいてくるが、相手の心の中が丸見えで、すぐに嘘を見抜いてしまう。「あの男もこの男も、あの世で人をだましていたんだな……こんな者たちと一緒に暮らさなければならないのかぁ」と嘆くしかなかった。

およそ三十年が経過したころ、畜生道からの脱出を許され、修羅道に上がった。そこでも厳しく責められ苦しんだ。修羅道にも、自分のことを棚に上げて、平気で人の批判をする者がたくさんいる。「うまいことを言って、お母さんをだましたのだろう。楽してお金儲けをしたんだなあ」と言われ、返す言葉がなかった。

Cはどんなに責められても反抗せずにじっと辛抱し、「今後は絶対に嘘はつくまい」と固く決心した。階位は上昇し、二十年後、人道に上がったところで誕生神に呼ばれた。

**誕生神**　君は畜生道や修羅道にある嘘の世界がいやになったようだな。しかし、あの世では、嘘つきが幅を利かせ、嘘を言ってだました者が成功するような世の中になりつつある。そのような風潮に流されることなく、嘘をつかないで生きていけるか。

**C**　はい。もう二度と、嘘はつきません。真っ当に生きてみせます。

**誕**　もし、いじめられたり、人にだまされたりしても、真っ当に生きると誓えるか。

**C**　はい、固く誓います。

**誕**　よし、わかった。次は、極貧農家の次男に生まれよ。

# 第3章

## A ✦ 窃盗と強盗をした男

十三世紀の話である。

Aは貧しい家庭の長男に生まれた。生まれる前、あの世で曽祖父が保証人となり、神が誕生を許した。生まれた子供を育てるのは親の任務であるが、保証人である曽祖父にもこの世に送り出した責任がある。心と心の繋がりで常に忠告を発し、また立派に育つことを日々祈っている。ところが、Aは曾祖父の前で「向上心を持って生きる」と神に約束したのに、この世に誕生したときには、その約束を忘れていた。

頭の回転は悪く、周りの人からは馬鹿にされていた。子供のころは学問所に通っていたが、勉強について行くのは苦しかった。その学問所では、あの世とこの世について、次のように教えられていた。

人はこの世に生まれ、死ねばあの世に生まれる。あの世での生活を終えると、またこの世に生まれ、この世とあの世を行ったり来たりしている。これを「輪廻転生《りんねてんしょう》」と言う。この世に生を受けることを「誕生」と言い、死んであの世に生まれ往くことを「往生」と言う。往生すれば、あの世で裁判を受け、修業をして、再度この世に誕生する。

この世で善徳を積めば、次の世では、より良い環境に生まれ変わることができる。

人はあの世からこの世に生まれる前、神様から生まれ育ちの条件を提示され、それを受け入れて生まれてくる。神様と約束するのである。ただ、この世に生まれてくるとき、その約束も過去の記憶も消し去られる。過去のことを全て記憶していれば、この世を生きる上で障害になるのと、約束を果たすだけの人生になってしまうおそれがあるからである。

この世で勉強して身につけた知識、技能は、あの世でも使うことができる。人に教えることもできて、喜ばれる。更にこの世に生まれ変わってきたとき、子供の頃からその才能を発揮でき、有利である。

だから、良い行いをしなさい。知識と技能を身につけなさい。

Aには理解しづらい話であった。

良い行いをして立派な大人になろうとしたが、なかなか行動に移せなかった。大人になって力仕事に就いたが、怠け癖が出て迷惑をかけ、仲間はずれにされることが多かった。高い技術を身につけて、それを仕事に活かそうと、一時はまじめに働いていたが、だんだん人間関係がいやになり、辞めた。結婚して子供を授かったが、職を転々として定職に就けず、ついに盗人となった。この世で悪いことをすれば、あの世で罰を受けるような気がしていたが、盗人をしながら、自分にあった職を探せばいいと、軽く考えていた。

何度か盗みをくり返し、なんとか食いつないだが、そのうち捕まり刑を受けた。二度と盗みをしないことを誓って釈放され、心を入れ替えて、まじめに働こうと職を探したが見つからず、今度は強盗で生計を立てることにした。

一人歩きの女性を見つけては、包丁で脅して金品を強奪し、これを五回繰り返した。犯行に使用した包丁と、奪った金品は全て地中に埋めて隠していた。五回目にようやく捕まったが、厳しい取り調べを受けても「私はやっていない。私がやったと言うのなら、証拠を見せてほしい」と言って犯行を認めず、証拠不十分で無罪となった。

Aの行動をあの世から見ていた先祖は激怒していた。子孫の罪は先祖の罪にもなるからである。あの世の曾祖父は、改心させるべく、自分の良心をAに発信したが、Aの心は曾祖父の良心を受信できないほど濁っていた。どんな人間でも、先祖とは心と心で繋がっており、天道に在籍する先祖の誰かが保証人となり、心を通じて子孫に指示・忠告をしている。何か悪いことをしようとしたとき「ちょっと待てよ。やめておこう」と気が変わるときがあるが、それは先祖の忠告が心に届いたからである。

六回目の強盗をしようとしたとき、Aの曾祖父は、これ以上生かしておけないと判断し、往生神に、Aの往生を願い出た。往生神はAを往生させなかったものの、高所から転落させて足に大けがを負わせ、Aが地中に隠していた金品を回収できないようにした。

その翌日、子供が独立するとすぐに妻が亡くなり、一人暮らしになった。歩くことができず、その日の食事にも事欠く状態に陥り「お金さえ回収できていれば、おいしいものが腹一杯食べられたのに」と悔しい思いをしながら、四十五歳で餓死した。

✦

みんなの広場でAを迎えたのは保証人である曽祖父であった。大目玉を食らい、みんなの広場の中央にある泉に連れて行かれた。そこでは長老たちの他に、多くの人がAのやせ細った姿を見ていた。

曾祖父に「お前の悪事を見ていられなくなった。お家の没落につながるから、往生の神様にお願いして、こちらに呼んでもらったんだ。苦渋の決断だった」と言われた。長老たちからも話しかけられたが、何も話す気になれず、曽祖父がAの行いを詫びるのみであった。翌朝、曽祖父に裁判所まで連れて行かれ、裁判が始まった。

**裁判神**　君は男に与えられている強い力を、自己の欲望を満たすために女性に向けた。決して許されるものではない。しかも、証拠品を隠して犯行を認めず、あの世での刑罰を逃れた。その罰は、この世に来れば、何倍も重くなる。地獄道に行きなさい。

**A**　は、はい……地獄道とはどんな所でしょうか。

**裁**　地獄道とは、大悪人ばかりが行く所で、あらゆる苦難を受け、罪を洗い流す場所である。この世には、下から、地獄道、餓鬼道、畜生道、修羅道、人道、天道の六つの世界がある。君の行く所は、一番下で、最も厳しい所である。

Aは地獄道行きとなり、保証人である曾祖父は責任を取らされ、天道から人道への降下を命じられた。曾祖父に何度も詫びた後、六道の辻を経由して地獄道に落ちた。そこは灼熱の世界で、近くの火山があちこちで噴火し、轟音が鳴り響き、熱湯がグツグツと湧いている。熱風が吹き荒れて熱湯が体に直撃する。焼けた岩石や火の玉が飛んできて肌に当たり、やけどを負う。身動き一つすることが許されないので、岩石が飛んで来ても、逃げることはできない。

すでに肉体は消滅し、心だけになっているのに、肉体があるように感じられ、熱や痛みを感じる。体があれば、痛みが限界に達すると気絶したりするが、体がなく心だけだと、痛みに上限はなくなる。あまりの痛さに気を失ったかと思うとすぐに意識が戻る。意識がもうろうとなり、このまま消えて無くなってしまいたいと思っていると、また蘇る。五十年以上、何も食べていないが、空腹感はいつの間にか失われてしまっている。ひたすら熱と痛みに耐えていると、ようやく地獄道からの脱出を許され、餓鬼道に上がった。

餓鬼道に行くと、強烈な暑さはなくなり、やけどの痛みも軽減された。しかし、暑さや痛みで失われていた空腹感が復活した。更に、餓鬼道のすさまじさにおそれおののいた。何と、強盗を犯してきた者ばかりが集められ、お互いに、与えられた食べ物を奪い合っているではないか。ここは「強盗の町」で、殴る蹴るの暴行はあちらこちらで行われている。止める者も取り締まる者も全くいない。町を監督している神は助けを求められても「しっかり反省しなさい」と言うだけで、助けようとしない。

餓鬼道には、天道のやさしい人たちが、飢えに苦しんでいる人をあわれんで、食べ物を届けてくれる。餓鬼道の食べ物はこれしかない。この食べ物を奪われたら、空腹の苦しみは次の食べ物が届けられるまでずっと続くことになる。お互いに奪い合いをし、食べていても、いつ奪われるかもしれない恐怖と常に闘わなければならない。

他人の食べ物を強奪した者は、その罪により更に階位を下げ、そこで更に強い者を相手に強奪戦を繰り広げる。勝てば勝つほど階位が下がり、より凶暴な者が相手となる。そのことに気付かない者は、いつまでも奪い合いを続ける。逆に、反省して強奪をやめ、あえて奪い取られることに甘んじた者は空腹に苦しむが、その苦しみに耐えることにより少しずつ罪が軽くなり、階位が上がる。

Aは二十年間「強盗の町」で生活を続けた後、「強盗被害者の町」に移された。あの世で女性から金品を奪い取り、恐怖に陥れていたのが、今度は立場が入れ替わり、いつ何時襲われるかもしれない恐怖感を味わう。

あの世で被害を受けた女性の中には、財産を失った果てに餓死し、餓鬼道に落ちている女性もいる。その女性から包丁を持って追いかけ回される。抵抗しようと思っても、相手の方が強く、抵抗できない。一方的に刺されて大けがをする。自分があの世で女性に与えていた苦しみが何百倍にもなって返ってくるのである。「お金を返せ！　あんたのせいで財産を失い、飢え死にしたのよ」と言って、のど元に包丁を突きつけられた。何をされても「自業自得だ。辛抱しろ」と自分に言い聞かせるしかない。「ごめんなさい。ごめんなさい」と謝り続けるとともに、天道の人が届けてくれた食べ物を被害女性に渡して許しを請うた。

「強盗の町」で二十年間、更に「強盗被害者の町」で二十年間、どんなに殴られても刺されても、抵抗せずに耐えた。食べ物を奪われそうになったときは、すぐに諦めて手放した。痛みと恐怖と空腹に耐えたことにより、罪は少しずつ赦されて階位が上がり、一つ上の畜生道に上がった。

畜生道でも飢えの苦しみは尋常ではないが、殴る蹴るの暴力を受けることが少ない分、餓鬼道よりましである。畜生道の中にもたくさんの町があり、Aが行った町には、あの世で強盗の被害を受けた人ばかりが暮らしていた。その中には、Aから強盗の被害を受けた女性もいた。その被害女性から、たいへんな恨み、憎み、ののしりの攻撃を受けて困った。「あんたさえいなかったら、幸せな生活が続いていたのに」とか「あんたに刺されたときの傷がまだ治っていない。心の傷は永遠に治りそうにない。治しておくれ」と言って責められた。その恨みの攻撃が心に突き刺さり、殴られるよりも痛く感じる。

畜生道の食べ物には、天道の人が善意で届けてくれる食べ物だけではなく、家族が神棚や仏壇に供えた食べ物もある。ただ、Aの子孫は先祖供養に熱心ではなく、供養の食べ物がAに届くことはなかった。更に、せっかく手にした天道からの食べ物を奪い取られたりして、飢えに苦しんだ。

一方、周りには、子孫が神棚や仏壇に食べ物を供えてくれることにより、食べ物にありつけている人もいた。その人に頼んで食べ物を分けてもらい、何とか食いつないだ。分けてくれた人は、その徳により階位が上がっていったが、Aはそのことに気付かなかった。分けてもらったものを、Aが強盗をした被害女性には配っていたが、他の被害者には配っていなかった。それは許してもらうことが目的だったからである。

畜生道に来て五年が経過したとき、子孫の代が替わり、先祖供養が盛んになった。子孫は誰もAのことを知らないが、先祖を大切にする気持ちが強く、仏壇にご飯やお茶、花や線香を供えて供養してくれた。そのお陰で食べ物にありつけ、深く感謝した。それでも、Aが強盗をした女性に配る以外は、自分一人で食べていた。

翌々日、やっと重大なことに気付いた。周りにも、子孫が先祖供養をしているお陰で、食べ物にありつけている人がいて、他の飢えている人に食べ物を配っている。相手に感謝され、階位を上げているではないか。なぜだ……。疑問に思い、考えた。でも、わからない。こうなったら、自分も同じことをやってみるしかない。Aが強盗をした被害女性だけでなく、他の人にも配った。他の人に配ると自分の食べ物が少なくなるが、それでも構わないと思った。損得勘定することをやめたのである。

まず、他の人に自分の食べ物を与えた。するとその人は喜んでくれた。そのとき自分は嬉しくなった。また別の人に食べ物を全部与えると、半分残して自分に返してくれた。他の人と食べ物を分け合うと、お互いに嬉しくなる。喜べば喜ぶほどお互いに感謝の気持ちが強くなり、更に嬉しくなる。すると人に親切にしたくなり、食べ物を与えてしまう。与えるだけで返ってこないときもある。それでも、喜んでもらえたことで心が満たされた。

自分は食べていないのに、なぜか腹いっぱい食べた気分になり、空腹感がなくなる。実に不思議である。他人に与え、自分の分はなくなる。損をしているはずなのに、なぜか得をしている。「これだ！」と飛び上がって喜んだ。やっとのことで、世の中の約束ごとが分かってきたのである。

なぜそのことにもっと早く気付かなかったのか。人にやさしく、親切にしていれば、やさしくて親切な人ばかりが集まる所へ行くことができたはずなのに。悪いことばかりしてきたばっかりに、悪人ばかりが集まる所に来ることになってしまった。これからは親切な人を友達に持つべきだ。今度生まれ変わったら、絶対に人の役に立つ、やさしくて親切な人間になろう。そう固く心に誓った。そして子孫が供養してくれていることに厚く感謝し、子孫繁栄を願った。また、子供を育てることの大切さがここに来てやっと分かった。畜生道に来て三十年目のことである。

畜生道からまた一つ上の修羅道に上がった。ここでも食べ物の奪い合いをしている者が大勢いる。こんな所からはすぐにでも脱出したい、早く生まれ変わって、あの世で善徳を積みたいと強く思った。しかし、あわてなかった。苦しめば苦しむほど罪が赦されて階位が上がるのであれば、できる限り苦しみに耐え、階位を上げてから良い環境に生まれさせてもらおうと、考えを切り替えたのである。

ここでも、天道から届けられた食べ物を奪われそうになったら、抵抗せずに手放した。また、飢えに苦しむ人たちに、子孫から送られてくる食べ物を配った。配った相手に感謝され、心が軽くなって、階位が上がるのが実感できる。相手の喜ぶ顔を見て自分も嬉しくなり、更に階位が上がった。そして二十年で修羅道を抜け、一つ上の人道に上がった。

Aはこのまま上がり続け、やがては天道にまで上がりたいと願ったが、それは神が許さなかった。人道に上がって十年後、生まれ変わるときがやってきた。前回と同様、今度も誕生神に誓いの言葉を述べた。「生まれ変われば、必ず社会に貢献します。金銭欲を抑え、悪いことは絶対にしません」と心の底から誓った。保証人は別の先祖が選ばれ、誕生神に誓った。誕生神から「大きな使命を課す」とだけ言われ、あの世に誕生した。

# B ✦ 事実無根の噂で自殺した男

Bは中流家庭の長男に生まれた。根はやさしく、困っている人を見ると放ってはおけず、自分の小遣いを使ってでも、助けていた。ところが父は、転職して収入が減ると暴力的になり、仕事でいやなことがあるとすぐにBに当たっていた。訳のわからないことで殴られたことも度々あった。「誰のお陰で食べられていると思っているんだ」とか「男のくせにこんなこともできないのか」とよく怒鳴られたりした。「勝手に産んでおいて、無責任な。好き好んでこんな所に生まれて来たのではない。それに、男だからって何が気に入らないんだ！」と何度も心の中で叫んでいた。

弟が一人いて、父から同じような目にあわされていたので、二人とも父の暴力に不満を持っていた。そこでBは、十五歳で就職した機会に、近所の若い僧侶に、自分の不満をぶつけてみた。

**B** どうしてこの町では、男の子の父親はみんな暴力的で、父親に殴られてばかりしているのですか。それに比べ、女の子の父親はみんなやさしく、仲良く暮らしています。私の父は、私にも弟にも厳しいです。私の仕事仲間を比較しても、暴力的な人の子供は男の子で、やさしい人の子供は女の子です。父親の虐待を受けているのは男の子です。友達の家を比較しても、男の子の家は貧しく、女の子の家は裕福です。なぜ、こんなに男女間で生まれる環境に差があるのですか。

**僧侶**　それは君の偏見だろう。男の子はたくましく育つために、厳しい環境が必要で、そういう環境に生まれさせられることが多いのかもしれない。逆に、女の子はそこまで必要がないから、おおむね良い環境に生まれさせられているのかもしれない。でも、君はほんの一部分だけを見てそう思っているだけだ。

確かに君の言うように、裕福な国や町には女性が多く、貧困な国や町には男性が多い。それは、貧困な国や町では力仕事が必要で、どうしても男手が必要になるからだ。それで、環境の劣悪な国や町には、男の子が多く誕生しているのだろう。

どんなに理不尽なことがあり、つらくても、それを辛抱して乗り切るのが男の修業なのだ。不平不満を言ってはならない。全ては神様が男女を振り分けておられるのだから、それをありがたく受け止めるんだ。

それに、女性には女性の苦しみがあり、修業がある。男の君には女性の苦しみや不満は分からないだろう。

**B**　それにしても、男の人ばかりが戦《いくさ》に駆り立てられ、苦しい思いばかりさせられていると思います。

**僧侶**　そりゃ、戦を始めるのが男なんだから、仕方がない。男には、戦をするだけの体力があるし、男は好きで戦をしている者もいるのだから、犠牲になっても仕方がないだろうが、女は一方的に犠牲になるのだから、たまったもんじゃない。この間、近所の女の人が言っていたよ。「この世に男がいなかったら、どんなに平和な世の中になるか」って。

**B**　男が中心の世の中だから、男を中心に考えてしまうのでしょうね。

**僧侶**　そうだよ。歴史書も、勝者の側から書いている。もっと別の視点からも考えるようにしないといけない。君が言うように、女性が裕福な家庭に生まれやすいとしたら、今の世の中は、女性には自立して生きていくことがむずかしいからだろう。それで、財産のある家に生まれさせてもらい、それを相続して生きているのかもしれない。

**B**　ということは、財産を代々受け継いで行くには、男系より女系の方が容易ですか。

**僧侶**　そうかもしれない。父から息子に受け継いでいくよりも、母から娘にと、代々受け継いでいく方が容易な気がする。財産のある人や商売をしている人は、跡を継いでくれる息子がいないと嘆いている人が多いだろ。

B　そうですね。それと、どうして、お店や宿屋の子は女の子が多いのですか。

**僧侶**　商売をしていると、どうしても女性のやさしさが必要になる。攻撃的な姿勢で戦闘的な顔つきの、男性的な男性よりも、低姿勢でやさしい顔立ちの、女性的な男性が商売をして成功する。だから、お店や宿屋には女の子が生まれ、そこにやさしい男性が婿入りして、代々受け継いでいるだろう。

子供は顔や性格が親に似ることが多い。だから、やさしい男性には女の子が生まれることが多く、気の荒い男性には男の子が生まれることが多いのかもしれない。もしそうであれば、その仕組みは、現在の科学では解明されていないが、いずれは科学的に解明されるだろう。しかし、人間は大昔から何回も生き変わり死に変わりする中で、男性に生まれたり女に生まれたりしているので、長期的に考えれば、不公平になることはない。だから、どちらが得で、どちらが損とかを考えても無意味なんだ。

Bは僧侶の話を聞いて半分は納得したが、偏見に満ちた考えを職場で口に出していたことから、同僚たちにいじめられていた。ついには、自殺まで考えるようになり、僧侶に話をした。すると僧侶はそのことを和尚に話してくれ、和尚が直接教えてくれた。

**和尚**　君は自殺をほのめかしていたな。絶対にするな。自殺は自ら体を損傷した罰として、あの世の誰もいない空間で、治療すら受けられない状態で過ごす決まりになっている。その寂しさと痛みは大変なもので、その苦痛に耐えきれずにこの世への生まれ変わりを切望する人がいる。そのときの条件は非常に悪いもので「生まれてもすぐに死ぬ」ということもあり得る。それでも生まれ変わりたくなるくらい、自殺による報いは厳しいのである。

**B**　具体的には、どういったものがあるのですか。

**和尚**　たとえば首つり自殺をした場合の首の痛みは、絞首刑による首の痛みよりも遙かに激しい。しかし、自殺を考えると、あの世で苦しんでいる人たちが「こちらにおいでよ。ここは楽しいよ。そちらで苦しんでなんかいないで、こちらで一緒に楽しく暮らそう」と誘う。誘われた方も「そんなに楽しいのなら行きたい」という気になる。高い所から下を見ると普通は足がすくむが、それが楽園に見えてしまう。自殺をしようとするくらいに心が弱ると、あの世で苦しんでいる人たちに誘い込まれるんだ。ところが、実際に飛び降りてみると、そこは固い地面であり、体は大きな損傷を受け、使えなくなる。すると、心と体が分離する。これが死だ。死んで体がなくなっても、心は生き続け、激痛はそのまま残るんだよ。

**B**　死にそこなった場合は、どうなるんですか。

**和尚**　損傷がひどくてもまだ体が使える場合は、心が体から半分離れた状態になり、意識がなくなる。痛みがひどいのに意識があると、気が狂ってしまうから、意識がなくなるようにできているのだ。体が使える状態になり、痛みがやわらぐと、再び心と体が合体し、意識が回復する。

**B**　死んで体がなくなっても、心はあの世に生き続けるのですか。

**和尚**　そうだ。だから「痛い」という意識だけが残る。このときから地獄道の生活が始まり、苦しみは何十年も続く。その苦しみに耐えきれず、苦しみから逃れたいと強く思って、神様にこの世への生まれ変りを願い出る。そのときに提示された条件が、先ほども言ったように「生まれ変わっても、すぐに死んでしまうかもしれない」という厳しいものであっても、それを受け入れて生まれてくる子がいる。その子のほとんどは、生まれてすぐに死んでしまう。結局、元の状態に戻ってしまうのだ。

**B**　でも、私が自殺することによって、いじめる人の心が変わって、いじめが減るのではないでしょうか。

**和尚**　自殺をする人の中には、自分をいじめた相手に反省を促すためにする人もいる。また「親が何もしてくれなかったことを後悔させたかった」という人もいる。でも、その意図するところに気付いてくれることは少ない。どんなに苦しいときでも自殺は決してやってはならない。この世で苦しむのは罪滅ぼしのためであり、成長するためでもある。この世での苦しみはあの世での苦しみの半分にも満たない。自殺をすると、この世で受けるはずだった苦しみの数倍をあの世で受けることになる。

**B** もう、自殺することは考えません……でも、職場では、きつい仕事が多く、私は女に生まれたかった。私の親方は、女にはやさしいが、男には厳しい。次に生まれるとしたら、女に生まれたいです。

**和尚** そんな勝手は許されない。男に生まれたくても女に生まれる人がいて、そのことで苦しんでいる人もいる。また、男と女はこの世とあの世で一致するものではない。あの世で男でもこの世では女に生まれることもある。君が男に生まれたということは、それが君にとってふさわしいからだ。男に生まれたことに不満を持って生きていると、再び生まれ変わっても男に生まれ、同じ修行をさせられることになる。だから、男に生まれたことに誇りを持ち、生まれてきたことの意味を自分で見つけ出すんだ。

その後は前向きに生きるようになり、妻子を得た。子育てにも積極的に参加して、幸せな家庭を築いた。職場では後輩の面倒見は良く、信頼を得ていた。しかし、先輩からのいじめはなくならない。特に先輩Dのいじめは陰湿だった。Bに直接言うのではなく、少し離れた所から聞こえよがしに言っていたのである。

仕事を終えたある日、Bは同じ職場の女性Eから「仕事のことで悩んでいるので、お酒を飲みながら話を聞いてほしい」と持ちかけられ、妻には言わずにこれに応じた。飲食店でBとEが一緒に飲んでいるのをたまたま見かけたDは、翌日、職場でBが一人でいる時を見計らって、「そういえば、誰かがEさんと一緒に飲んでいたなあ。あれはひょっとして、不倫かなあ」とささやいた。「Bよ、苦しめ！　お前は俺より働きが悪いくせに、俺よりたくさんの給料をもらっている。だから、いじめてやるのさ」と心の中で叫びながら。

その翌々日、再び「誰かがEさんと一緒に飲んでいたなあ」というささやきを耳にしたBは「やっぱり見られていたのか。これはまずいことになったぞ。Eさんから悩みの相談を持ちかけられて、お酒が入っていた方が話しやすいから一緒に飲んでいたことをDさんに説明しよう」と考えた。そしてDに話すと「そんなこと、誰も信じないよ。何だったら、Eさんに確認しようか」と言われた。Bは、Eに迷惑がかかると考え、Dにお金を渡すことで、その場をしのいだ。

その数日後、今度はDから金銭を要求され、やむなく要求に応じた。そのうち、要求額が高額になり断ると、Dはその翌日、またしても少し離れた所でBに聞こえよがしにささやいた。「BとEさんとの関係はみんな知っている。誰が言ったのかは知らないけど、奥さんも子供も不倫のことを知っていて、泣いていたなあ。かわいそうに」と。

Dのささやきの内容は全て嘘である。しかし、Bはそれを真《ま》に受け「妻や子供に知られてはおしまいだ」と勝手に思い込んで、再び自殺を考え始めた。「和尚さんに相談してみようか。でも、話が大きくなったら困るな」「Eさんと話し合ってみようか。でも、迷惑がかかるだろうなあ」「妻に全てを話そうかなあ。でも信じてもらえないだろうなあ」と、考えがまとまらずにいた。そして誰にも相談することなく、高所から飛び降りた。

和尚の話を忘れ、死ねば心も体も全てなくなって、いやな気持ちも全て消え去ると信じていた。「何もかも消え去れ!」と強く念じて地面に落下すると、心と体は大きな打撃を受けて分離し、激しい痛みに襲われた。

死んで全てなくなればいいと思っていたらとんでもない。心が体から分離しても大変な痛みは続く。和尚の教えは本当だった。心が体と離れてしまっているのに、体があるように感じられ、痛む。頭も胴体も、手も足も、全てが痛い。しかし、見ると、自分の体はどこにもない。痛む所を手で触ろうとしても、その手がない。五感はあるのに、体がないという、不思議な感覚である。激しい痛みに襲われながら、あの世に到着した。

妻あてに遺書が残されており、そこには次のように書かれていた。

俺は同僚のEさんと不倫なんかしていない。

誰かが事実無根のことを言いふらしているだけだ。
それを聞いた人たちは、その話を信じている。
Eさんに相談しようとしたが、迷惑がかかると思って言えなかった。
君に打ち明けようとしたが、信じてもらえる自信がなかった。
もう、どうすることもできない。死ぬしかない。

✦

Bがみんなの広場に到着すると、Bの保証人である曾祖母が迎えに来てくれていた。無惨な姿を見て、泣いている。曾祖母に「あんたは死んで別の世界に来ているのだよ。和尚さんの言っていたことは本当だったのよ」と言われた。広場には長老たちの他にも大勢の人がいて、全身傷だらけのBを興味深く見つめている。そして色々と質問してきた。あの世の感想や、飛び降りて地面にたたきつけられた瞬間のことを聞かれたりしたが、痛みが激しく、口も利けない。

最後に長老から、翌日には裁判が開かれることを知らされ、裁判に臨んだ。Bの保証人である曾祖母とDの保証人である曾祖父が裁判に呼ばれていた。

**裁判神**　痛いのは分かるが、辛抱しなさい。君はこの世からあの世に生まれる前、誕生の神様から、あの世で困っている人を少しでも多く助けるよう命じられた。覚えているか。

**B**　はい、今、思い出しました。

**裁**　なぜ自殺したのだ。

**B**　先輩にいじめられたからです。人が信じられなくなりました。それに、周りは幸せそうな人ばかりなのに、私だけ不幸でした。もっといい家庭に生まれたかった。裕福な家庭、明るい家庭、やさしいお父さん、お母さん。そんな家庭に生まれたかったのです。

**裁**　うん。多くの人がそんなことを思っている。しかし、みんながみんな、恵まれた家庭に生まれることができるものではない。むしろ、そうでない人の方が多いくらいだ。でも、辛抱して生きている。君はまだましな方だ。人によって背負っている苦しみがそれぞれ違うし、努力の度合いも違う。できる範囲で精一杯努力している人。自分の不幸を国や他人のせいにして努力しない人。恵まれないながらも、小さな幸せを求めて人生を楽しんでいる人。色々な人が違った環境の中で、違った生き方をしている。それが人間なんだよ。

**B**　でも、私の人生はひどすぎます。痛くてたまりません。神様、助けてください。もう一度あの世に生まれ変わらせてください。お願いします。

**裁**　だめだ。今は痛いけど、ゆっくりと痛みがやわらいでくるから、辛抱しなさい。自殺をするということがどういうことか分かっているのか！神様から与えられた課題を放棄することは、厳罰に値する。

**B**　厳罰だなんて……近くに幸せな人がたくさんいるのに、私だけが不幸だなんて、納得できません。

**裁**　他人と比べること自体が間違っているのだ。いいか。君はさっき、もう一度生まれ変わらせてくださいと言ったな。その言葉、前にも聞いたぞ。前回、この世からあの世に生まれ行く前、何と言った？

**B**　あっ、そう言えば……あの世に早く生まれたくて、いじめにあうことを覚悟で、生まれさせてもらいました。

**裁**　そうだな。君は悪い先輩のいじめにあって、苦労した。そのとき、いじめられる原因を考える必要があった。自分の言動が悪いのなら、それを直さなくてはならない。それでもいじめられたときは苦労を乗り越え、更には、不幸な人を助けなければならなかったのだ。厳しいのを分かった上で言っている。自分がいじめに苦しんでいるのであれば、他にも同じ苦しみを受けている人の気持ちが分かったはずだ。だから、具体的には、いじめられて苦しんでいる人たちと手を組んで、いじめをなくす運動をするとか。たとえ結果を出せなくてもだ。

　大事なのは、自らの使命を全うするよう、最大限、努力すること。それが神様との約束を守ることなんだ。その約束を君は自ら破った。自殺をするということは、神様との約束を破ることなんだよ。

　神様は人間の罪を赦すためにあの世での生活を許されている。何もしていない者に無条件で罪を赦すことはできないので、罪を償う機会を作ってくださっているのだ。ただ罪を償うためだけのものなら何の楽しみもないので、苦しみの中にも楽しみというものも与えてくださっている。君の苦しみはこの世の刑罰に比べれば、大した苦しみではなかったはずだ。


**裁　B**　そうです。でも、つい、他の人と比べてしまいました。

　他の人とはそれぞれ過去世が異なり、神様と約束した内容が違う。当然、環境も違ってくる。君には君にしか課せられていない課題がある。それをやり遂げることが君の課題であり、やり遂げようと努力することが君にとっての修行なのだ。たとえ課題をやり遂げられなくてもいい。一生懸命に努力し、成長することが尊いのだから。

　環境が悪いということは、もし悪い環境を克服して成功すれば、周りの人たちに大きな希望と勇気を与えることになる。それだけで、社会に大きな貢献をしたことになるのだよ。

人間的成長と社会貢献、これがあの世に生まれる最も重要な目的だ。自分を磨くために、大いに苦しめ。そして、苦しんでいる人を見かけたら、救いの手を差し伸べるんだ。そういったやさしい心を持て。

やさしい人を見ると、自分もあんな人になりたいなと思うだろ。人間は、とかく成功した人にあこがれを持つが、本当は、やさしい人にこそあこがれを持ち、その人を目標にしなければならないのだ。それが人間的向上に繋がるんだよ。

**B**　わかりました。せっかく生まれ変わらせていただいたのに、もったいないことをしてしまいました。

**裁**　もったいないでは済まされないのだぞ。自殺をするということがどういうことか、本当に分かったのだな。

**B**　はい。せっかく神様が罪滅ぼしの機会と成長の機会を与えてくださっているのに、いらないと言っているのと同じことになります。

**裁**　ようやく分かったようだな。君の行き先は、地獄道だ。今度、いつ君にあの世に生まれる順番が回ってくるか分からないが、最低三十年間は地獄道で辛抱しなさい。地獄道に行く前に、妻と職場のDとEさんのその後の様子を教えておく。

君が自殺したその日、つまり昨日、あろうことか、Dは君が死んで反論できないことをいいことに、更に事実に反することを君の妻に言った。「ご主人は私に借金をしています。そのうちの半分でいいから、返してください」と。君の妻をだまして金銭を請求し、受け取ったのだ。その翌朝、つまり、つい先ほど、君の遺書が公表された。Dは今でも君が不倫をしたと言っている。

Eさんはというと「私に相談してくれていたら、不倫でないことを言ってあげましたのに。そしたら疑いは晴れましたし、そもそも、不倫の噂などないことも分かったはずで、自殺には至らなかったのです。私に迷惑がかからないかと心配してくださるのはありがたいですが、尊い命と比べたら、私にかかる迷惑なんか、ほんの小さなものです。たとえ私に迷惑がかかったとしても、命を優先してほしかったです」と涙を流して言っていた。

**B**　ええっ。Dさんは「私がEさんと不倫関係にあり、そのことを、妻も含めみんなが知っている」とささやいていました。あれは、嘘だったのですか。

**裁**　そうだ。だからEさんの言うように、命を優先し、相談すればよかったのだ。それから、君の妻は、君の遺体にすがりついて泣きながら言っていたよ。

私はあなたのことをずっと信じていたのに、あなたはどうして私を信じてくれなかったの。あなたがありのままを私に打ち明けてくれていたら、絶対にあなたの言うことを信じていたわ。そしたらあなたが死ぬことはなかったのに。

私があなたを信じているということを信じてほしかった。死んでしまったら、何を言われても反論できない。脅されているのなら、事実無根なら、正々堂々とありのままを主張すべきなのに、これじゃあ、逆に、不倫が事実だから反論できずに逃げたと思われてしまう。悔しい。

Bは「俺は不倫なんかしていない。借金もしていない。だまされるな！」と妻に向かって叫んだが、この世からあの世に届くわけがなかった。

Dの保証人である曾祖父は、DがBをいじめたり、Bの妻から金銭をだまし取ったりしている姿をずっと見ていて、直ちにやめるようDの心に向かって発信し続けていたが、Dの心に届くことはなかった。その後、裁判所でBとその曾祖母に懸命に謝罪したが、許しを得ることはできなかった。裁判神は、Dの曾祖父に対し「このままでは、君のひ孫が死んでこの世に来たときに、地獄道行きの判決を受ける。そのとき、君は責任を取らされ、天道から人道への降下を命じられるであろう。しっかり良心を発信するのだ」と警告した。また、Bの曾祖母に対しては「ひ孫が自殺したことの責任を負わなければならない」として、天道から人道への降下を命じた。

裁判が終わり、自殺したBは地獄道に落とされた。ここは極寒の世界で、奈落とも言われる。その寒さに凍りついた。身動き一つできない。すでに体はなく、心だけであるが、強烈に寒さが感じられる。更に、あの世で自殺したときの激痛がそのまま残っている。食べる物は何もなく空腹であるが、寒すぎて空腹を感じることはない。周囲には誰もおらず、たった一人である。寂しいこと、この上ない。「ここはどこだ？　宇宙の果てに来たのか？」暗黒無明の世界で、何も見えないし、何も聞こえない。極寒と激痛、孤独の三重苦に見舞われ、この先、どうなるのだろうかと、言いしれぬ不安に襲われた。

極寒の世界で二十五年間過ごしていると、徐々に温かくなるのを感じた。気温が三〇度、四〇度と上がっていき、ついには一〇〇度に達した。灼熱の世界に変わり、周りの氷が全て解けた。今度は山が噴火し、焼けた岩石が高速で飛んでくる。自殺したときの激痛は少しやわらいだが、轟音が鳴り響き、耳が痛くてたまらない。誰と会うこともできない。すでに肉体はなく、心だけになっているのに、肉体があるように感じられ、熱さも痛みも感じる。極寒のときと同様、何も食べなくても空腹を感じることはない。ひたすら、暑さと痛みと孤独に耐えるだけである。

極寒の世界で二十五年間、灼熱の世界でも二十五年間苦しみ、自殺したことを深く反省した。五十年間苦しみに耐えると、ようやく地獄道から餓鬼道に上がることを許された。

餓鬼道に上がると、暑さと痛みと孤独から解放された。ところが、今度は激しい空腹感に襲われた。動こうとしても、力が出ない。空腹に苦しんでいると、先輩のDが死んでこの世にやってきた。その翌日、Dの裁判が始まり、その裁判にBは呼ばれた。勝手に体が浮き上がり、アッと言う間に、裁判所に到着した。Dの曾祖父も呼ばれていた。

**裁判神**　君はここにいるB君をいじめるため、不倫などしていないにもかかわらず、不倫をしてその噂《うわさ》が広まっているとささやいた。間違いないな。

**D**　そんなこと、していません。私はB君に対し、何の恨みも持っていませんから。

**曾祖父**　正直に言うんだ！

**裁**　君は黙っていなさい。本人が自らの意思で言わないと、意味がない。

**曾祖父**　はい、すみません。

**裁**　どうしても言わないのだな。君は、記録によると「不倫をしているとの噂を流すとB君が困るだろうと考え、聞こえよがしに事実無根のことをささやいた」とある。これが事実であれば、これを認め、B君に謝罪すべきであるが、どうかな。

**D**　やっていません。ですから謝る気もありません。どこにそんな記録があるのですか。

**裁**　そこまで言うのなら、仕方がない。この映像を見なさい。君は先ほどから、あの世での行いを思い返している。B君のそばで「Eさんと不倫をしている」とか「家族が知って泣いていた」とささやいた。更には「お金を貸しているので返してほしい」と言って、お金をだまし取っている自分自身の姿を。

心は嘘をつかない。その鮮明な記憶が記録である。「Bよ、苦しめ！」とか「お前は俺より働きが悪いのに、たくさんの給料をもらっている。だから、いじめてやるのさ」と心の中で叫んでいる。その叫びが君の心に記憶され、記録されている。どうだ。もう一度、見てみようか。

**D** もう、やめてください。恥ずかしいですから。やったことは全て認めます。

**裁** それでは、B君に対する謝罪はどうする。謝るのか、謝らないのか、どっちだ。

**D** ……

Dは思い出した記憶がそのまま大画面に映し出されたことで恥ずかしくてたまらなくなり、言葉を失った。悪いことをしたという気持ちはあっても、謝罪する気力が全く出ない。自分の醜い心が暴かれ、傍聴席から降り注ぐ厳しい視線が心に突き刺さる。一刻も早く、その場から立ち去りたかった。

Dは謝罪する気持ちはないと判断され、役目を終えたBは餓鬼道に帰らされた。Dに下った判決は、地獄道行きだった。同時に、Dの曾祖父は人道への降下を命じられた。Dは曾祖父に何と詫びればいいのか分からず、黙って裁判所を出て六道の辻に至り、地獄道への道を進んだ。

下降する途中、先に餓鬼道に帰っていたBの前で止まった。再度、Bに謝罪する機会を与えられたのである。Bは、Dが本気で謝罪した場合、許してやるかどうか、迷っていた。一方、Dは謝罪したい気持ちはあったが、恥ずかしくて合わす顔がなく、それでも謝罪するか、謝罪せずにそのまま通過するか迷っていた。しかし、どうしてもBの顔をまともに見ることができなかった。

謝罪するかどうか迷っているうち、Dは再び下降し、ついに謝罪する機会を失った。もし、謝罪して許してもらえれば、罪は軽減されていた。また、たとえ許してもらえなくても、謝罪して反省の色を示すだけでも、罪はある程度、軽減されていた。Dは下降していくにつれ、Bの姿が徐々に上方の遠くに見えるようになった。そして、ついには見えなくなり、地獄道に到着した。Bは、Dが下降していく姿を見て、すっきりした気分になり、少しは許してやる気になった。そのとき、少しではあるが、階位が上昇するのを感じた。

五十年以上何も食べていないので、早く食事がしたかった。餓鬼道での主な修業は、飢えに耐えることである。他にも飢えに苦しむ人が大勢いて「食べ物をくれ」と言ってくる。自分も飢えに苦しんでいるのに、他人に分け与える食べ物などない。

餓鬼道には、天道の人が真心を込めて料理した食べ物が届けられる。これを必死に取り合っていて、手に入れた食べ物を他の人に分け与えている人もいれば、自分だけ、さっさと食べてしまう人もいる。

ここに、興味深い話がある。確かにご飯やお茶が届けられるが、本当に届けられるのは、真心《まごころ》である。天道の人の真心である。その真心が、ご飯やお茶の中に込められているのである。

真心は、感謝の気持ちを持って頂けば、満腹になる。満腹になると言っても、実際にお腹に入って、満腹になるわけではない。届けてくださる人の真心と、頂く人の感謝の気持ちが合わさって、満腹感が得られるわけである。逆に、感謝せずに食べれば、満腹感は得られないし、心は軽くならない。餓鬼道からの脱出の日は、まだまだ先の話になる。まして、食べ物を奪い合っていれば、そのうち地獄道に落ちる。

Bは最初の頃は感謝することなく自分だけ食べ、他人に与えなかった。そのとき、満腹感は得られなかった。その後、別の人が他人に食べ物を与えて感謝され、階位が上がる姿を見て、自分も真似た。初めは、他人に与えるときの態度は形式的なものであったが、相手に感謝されると嬉しくなった。他人に与えて感謝されることの喜びを感じるようになり、次第に喜びの度合いが増していった。そして、四十年間いた餓鬼道から脱出し、畜生道に上がった。

畜生道でも、食べ物を配って感謝されることにより、順調に階位を上げた。しかし、畜生道の中段に上がったところで、あの世で神様との約束をないがしろにして自殺したことを、周囲の者から責められた。「あの世では神様との約束は記憶から消し去られていたので仕方がなかった」という気持ちが少し残っていて「これがあの世の裁判なら、こんな判決はあり得ない」と不満を漏らした。

それからが悪かった。不満に思うと心が重くなり、階位が下がるのを感じた。「もういい。落ちるところまで落ちればいい」と自暴自棄になった。周囲の者もおもしろがって、Bの不満が増大するようなことを言ってくる。それに乗せられて不満が増大し、心が重くなってどんどん落ちていく。「俺は悪くない。仕方がなかったんだ」という気持ちが余計に心を重くする。下降速度も速くなる。

そこで考え直した。「このままではいけない。偏見に満ちた無責任な発言をしていたから、いじめられたんだ。いじめられても自殺してはならなかったんだ」と深く反省した。すると、畜生道の底辺部で止まった。その後も自分に対し、深く反省するよう言い聞かせると、それからは階位が徐々に上がり、畜生道に来てから三十年で脱出することができた。

修羅道に上がっても、自殺したことについて、非難されたり殴られたりした。このとき、どう対処すべきか心得ていた。反論したり抵抗したりしないことである。何をされても「私が悪かったのです。申し訳ございません。ご忠告、ありがとうございます」と。これ以外は一切言わない。じっと受け止めれば心が軽くなり、階位が上がる。言われれば言われるほど上がる。言ってくださる人、殴ってくださる人のお陰で上がる。これで感謝できないはずがない。

そのとき大切なことに気付いた。体がないのに、殴られた感触がある。最初は痛いが、感謝しているうちに痛くなくなる。「痛い。くっそう」と思っているうちは痛みが持続する。「ありがとうございます」と感謝すれば、すぐに痛みが消える。感謝しながら殴られると、あまり痛まない。自分の階位が上がり、相手の階位が下がって下に見え、悔しがる姿さえ見える。そのうち、殴る者も非難する者もいなくなった。嬉しく思ったとき、二十年間いた修羅道から脱出し、人道に上がっていた。

誕生神に呼ばれ、すぐにあの世に生まれたいか、それともこのまま修業を続け、階位を上げてから生まれたいか、尋ねられた。少し迷ったが、すぐに生まれようとせず、人道で修業する道を選んだ。少しでも良い環境に生まれたかったからである。

その後も順調に階位が上がった。できればこの調子で、天道まで登りつめたいと思った。十年間かけてゆっくり階位を上げると、誕生神に呼ばれた。「もう、これ以上、階位を上げることは許されない。あの世に生まれるのだ。大きな使命を課す。国を安定させ、文化を発展させるのだ」と言われて、誕生した。

# C ✦ 殺人を二回も犯した男

次にCである。今度は貧乏な国の農家の次男に生まれ変わった。友人からいじめられたり、人にだまされて損をしたりする運命にあったが、生まれる前に誕生神と約束したことについての記憶は全て消されてしまっていた。幼少の頃から兄や近所の子供たちにいじめられたりだまされたりしていたが、けんかをしても勝つ自信がなく我慢していた。「なぜ自分だけがこんなにいじめられたりだまされたりしなければならないのか」と、この世の不平等を感じていた。そこで、教会に行き、神父から次のような話を聞いた。

**神父**　一番上の神様のことを「最高神」と言ったり「唯一絶対の神」「天地創造の神」と言ったりする。多くの人は、最高神は絶対の善であり、地上の善人を全て助けてくださるものと思っているようだが、最高神は善でもなく悪でもない。最高神の下に、善の神、すなわち、人を善に導き、善の世をつくろうとする神がいて、その神と対抗する形で、悪の神、すなわち、人を悪に導き、悪い世をつくろうとする神がいる。悪魔とも呼ばれている。

この世もあの世も善と悪とのせめぎ合いによって成り立っているのである。

**C**　私はいやなことが起こったとき「こんな不幸なことが起こるのは、神様がいないからだ」と思っていました。

**神父**　それは悪い神が勝ったか、そうすることが君の将来のため必要だったからだ。しかし善の神様は決して善人を見捨てはしない。だから、善行を重ねていたにもかかわらず不幸になったとしても、悲観せず前向きに考え、立ち直ることを考えなければならない。この世は修行の場であり、現在が全てではない。練習試合であり、模擬試験である。

**C**　私は早く修行を終えて、あの世でゆっくりとした時間を過ごしたいんですが……。

**神父**　若いのに、そんな考えではいけない。この世での修業の期間は決まっており、寿命が尽きるまで精一杯生きなければならないんだ。良い行いをしていれば、あの世に行ったときに神様から褒美がもらえるんだよ。

**C**　ええっ。日頃の行いが良ければ、すぐにいいことが起こると信じていたのに、あの世に行ってからですか。がっかりしました。

**神父**　たとえ見返りを期待した打算的な善であっても、何もしないよりはいい。善を行うことを心掛けなさい。

十五歳で農夫として働きに出ることになり、最初は仕事に励み、善を行っていたが、仲間から馬鹿にされたりいじめられたりするうち、我慢ができなくなり、暴力を振るうようになった。また、賭け事をしてお金をだまし取られたときは怒りがおさまらず、相手にけがを負わせてしまった。そのことを神父に話し、すぐに反省して、悪を慎み、善を行うようにしていた。

しかし、その後も、いじめはなくならず、いじめられたことが原因で度々けんかをし、勝っていたが、Fにだけは、体が大きくて凶暴であるため、苦戦していた。もう、神父に会って話すことはなくなり、ここからCの人生が転落する。

あるとき、Fから因縁を付けられてけんかになり、大けがを負わされた。悔しかったが、まともに戦っても勝ち目がなかったので、泣き寝入りをしていた。そのとき、友人のGから「お前はFとけんかして負けて悔しいだろう。Fは今、酒場で酒を飲んで、酔っている。俺がFを川岸に誘い出してやる。お前は後ろからFを川に突き落とせばいいんだ」と話を持ちかけられた。「そんなことをして失敗したらどうするんだ。逆にやり返されるぞ」と断った。しかし、Gに「お前は根性がないんだな。怖いんだろう。どうせお前は何回Fとけんかしても勝ち目はない。やるなら今しかないと思うが、根性がないのなら無理だな」と笑われ、気が変わった。

Gは、酔っているFを怒らせて川岸に誘い出し、待ち受けていたCに合図した。合図を受けたCは、酔ってふらついているFを後方から川に突き落とした。Fの死体は上がらないだろうと思っていたが、あいにく川原に打ち上げられ、発見された。真っ先に疑われたのは、FとよくけんかをしていたCである。すぐに裁判にかけられたが目撃者がなく、自供しなかったこともあって、証拠不十分のまま無罪となった。Fが亡くなって、自分より強い者がいなくなったCは、その後もけんか癖が直らず、仕事仲間も恐れを成していじめなくなった。

いじめられなくなったことにより、けんかをしなくなったかといえば、そうではなく、自分より弱い者を見つけては、いじめたりけんかを売ったりしていた。そして二回目の殺人を犯してしまった。このときも証拠不十分で無罪となった。

その後もけんかを続け、三回目の殺人を犯しかけた。このときは親友が必死に止めてくれたので、殺人を犯さずに済んだ。Cの凶暴性は世間に知れ渡り、その後もけんかを続けたが、病気のため四十五歳で生涯を閉じた。

✦

Cがみんなの広場に到着すると、長老たちがいて、話しかけられた。

**長老**　君は死んであの世からこの世に来た。わかるか。
**C**　やっぱりそうですか。何か様子が変だと思っていましたよ。
**長老**　あの世の出来事について色々聞かせてくれないか。
**C**　いじめられたり、だまされたりしました。全く、あの世は悪人ばかりです。
**長老**　二人を殺害したと記録されているが、本当か？
**C**　そんなことをするわけがないでしょ。でたらめですよ。証拠があれば出してください。
**長老**　言いたくなければ言わなくてもいい。この広場は何でも自由に話せる所で、嘘を言ったり悪事を自供しなかったりしても、証拠を突きつけたり自供を強要することはしない。あの世に比べて遙かに自由であり、自主性が重んじられているんだ。
明日の朝、あそこに見える裁判所で君の裁判が行われる。それまでに、自供するかどうかをもう一度よく考えておくように。この世の裁判は、あの世の裁判に比べ、公平かつ正確だ。必ず行くように。

翌朝、出廷して裁判が開かれ、裁判神はCに色々質問したが、何も答えないため、裁判神は一方的に判決を下した。それは地獄道行きだった。

六道の辻に向かって体が勝手に動き出し、裁判所を出た。判決に納得ができず、裁判所出口の扉にしがみつこうとしたが、実際は体がなく、心しかない。手も足もないため、しがみつくことはできなかった。六道の辻に着いたときも、地獄道への入口で止まろうとしたが、勝手に前へ、前へと進む。そして行き着いた先は、凶悪犯人がひしめく「暴力の町」であった。そこは凶悪犯罪を起こした者だけが行く、恐怖の世界である。

ここでもけんかを始めた。あの世で相手にしていたような弱い者はおらず、自分より強い者ばかりで、負けてばかりである。痛い目にあって死んだと思えばすぐに生き返り、また殺されると思って恐怖におののく。十年間も殺し合いを繰り返し、恐怖と痛みに耐えられなくなり、暴力の町を監督する神に願い出て、裁判のやり直しを求めた。

C　私はあの世で何も悪いことをしていないのに、なぜ裁判にかけられたのでしょうか。このような暴力を受けていることにも納得できません。

**監督神**　なにぃ～。お前は裁判の神様の質問に何も答えなかったではないか。今さら何を言うのか。

C　私はあの世の裁判で無罪判決を受けて、無罪が確定しています。これ以上、質問に答える義務はないはずです。裁判をやり直して、何も質問することなく、ただ私を暴力のない世界に行かせる判決を出してくだされば、それでいいのです。

監督神はあきれた。「暴力の好きなお前が、暴力のない世界に行きたいと言うのか！　お前はあの世で二度も殺人を犯した。あの世の裁判で犯行を認めず無罪になり、罪を償わずにこの世に来た。だからこのような罰を受けているのだ」とよっぽど言ってやりたかったが、裁判で自主的に言わせることが基本になっているため、あえて言わなかった。そして裁判神と協議して、再び裁判所に出廷させることにした。ところがCは暴力に耐えきれず、出廷を命じられる前に、勝手に暴力の町から抜け出し、裁判所に逃げ込んでいた。そこではすでに裁判の準備が整っていたことから、すぐに裁判が始まった。

**裁判神**　君が暴力の町に行ったとき、百年間閉じこめておく予定であった。それが、君の町を監督する神様のお情けにより、もう一度裁判をすることとなった。神様の顔に泥を塗ることのないよう、真剣に裁判に向き合いなさい。

**C**　はい、わかりました。しかし、なぜ私はあの世で何も悪いことをしていないのに、暴力の町に行かされたのですか。

**裁**　それは君が一番よく知っているはずだ。あの世でやったことを全て隠さずに言ってみなさい。

C　私は小さい頃からみんなにいじめられましたが、じっと我慢しました。ときには我慢できずにけんかもしましたが、相手を傷つけたりしたことはありません。仕事も真面目にこなし、仲間からの信頼も厚かったです。

裁　ほほう、そうか。ところで君は凶暴な者たちから暴力を受け、ここに逃げ込んできたな。なぜかな。

C　助けてほしかったからです。暴力を受ける覚えは全くありません。あの世といい、この世といい、本当に理不尽です。

裁　そうか。君が先ほどまでいた暴力の町は、君には全くふさわしくないということだな。君の記録を見ると、あの世で殺人を二度犯したことになっているが、どうかな。

C　殺人を二回もやったなんて、とんでもないことです。確かにあの世で二回裁判にかけられましたが、二回とも無罪判決を受けています。疑いはすでに晴れているのです。

裁　いやいや、あの世の裁判とこの世の裁判は全く別なんだ。あの世の裁判は、裁判官が人間であるため証拠が掴めず誤審もあるが、この世の裁判は神が行うため、証拠を見落とすことはなく、誤審もない。

C　それでは証拠を見せてください。

**裁**　見せてほしければ見せてやるが、この裁判は自主性や反省の色を見るもので、証拠を見せられて逃《のが》れられないと観念してから自供したのでは手遅れで、救いようがない。だから今すぐに自供し、反省の色を示すのだ。そして再起を誓え。そうすれば刑を軽くしてやろう。どうかな。

**C**　やっていないものはやっていないのです。言えと言われても何も言えません。

**裁**　そうか、それでは仕方がないな。証拠を見せてやろう。私の横にある大画面を見なさい。これから君の行為を映像で振り返る。これは、最初の殺人だ。画面の右側にいるのが君で、左側がF君だ。君は周囲に誰もいないのを確かめてからそっとF君に近づき、川に突き落とした。そうだな。

**C**　画面右側の男は確かに私に似ていますが、私ではありません。私はこんな所に行ったことはありません。

**裁**　本当に、そうかな。君は映像が流れ出したときから「このあと、俺がFを川に突き落とす場面が出てくる。そうなれば、おしまいだ」と心配していた。本当に君がやっていないのであれば、心配する必要がないではないか。傍聴席にいる人たちも君の心の中を見て、君が犯人であると確信している。それでもやっていないと言うなら、今すぐ自分の心に向かって「やっていない」と言ってみなさい。自分をだませるのか？

C　恐れ入りました。そのとおりです。罪を認めます。

裁　先ほども言ったが、逃れられないのを知ってからでは遅いのだ。人それぞれに、神様から与えられている課題があり、あの世に生きることを許されている期間がある。それを人間が勝手に縮めることは許されない。往生の神様も、激怒なさっている。元いた暴力の町に戻るがいい。人を殺しておきながら反省しない者は、同じ殺人犯と一緒に暮らすのがふさわしい生き方だ。ただその前に、もっと厳しい世界に行く。地獄道だ。

C　ええっ！　先ほどの暴力の町は地獄道ではなかったのですか。いやです。勘弁してください。もうしません。嘘も言いません。

裁　遅い！　君に殺された人も殺される恐怖を味わったのであるから、同じ恐怖を味わわなければ罪は赦されない。君が行っていた暴力の町は、餓鬼道の中にあるんだ。地獄道に行く途中に君が勝手に迷い込んだのだ。しかし今度は本当に地獄道に行く。覚悟して行きなさい。

Cは地獄道に落とされた。そこは暗黒無明、氷に覆われた、極寒の地で、誰もいない、動物もいない、ひとりぼっちの寂しい世界である。光は全く差し込まず、真っ暗闇。何も見えず、何も聞こえない。空間があるかどうかも分からず、時間の経過も感じられない。過去の殺人や暴力、裁判神に対する嘘、これらのことを深く反省するしかなかった。

全く動けずに三十年間過ごすうち、周囲が少しずつ明るくなってきた。それでも薄明かりである。遠くの音も小さくではあるが、何となく聞こえてくる。そして四十年が経過し、五十年が経過した。周囲がまた少し明るくなった。音もよく聞こえる。時間の経過も感じるようになる。やっとの思いで地獄道からの脱出を許され、餓鬼道に上がった。

ここに来て、ようやく寒さと孤独から解放されるようになったが、今度は強烈な空腹感が襲ってきた。それにしても、飢えの苦しみは耐え難い。本当は体がなく、心だけなのに、お腹が減れば食べたくなり、のどが渇けば飲みたくなる。他人の体もあの世の人間の形に見え、老若男女の区別も、強弱賢愚の見当もつく。全く不思議な感覚である。

五十年ぶりに、餓鬼道の中にある「暴力の町」に戻って来た。顔見知りの者がまだ残っていて、周りを見渡すと、食べ物をめぐって大勢で争っている。餓鬼道の食べ物は、天道からの差し入れだけである。それも、少量を多人数で分け合ったり奪い合ったりするので、なかなか食べ物にありつけない。たとえありつけたとしても、極少量である。

周囲にいるのは自分より強そうな者ばかりであるが、勝たないと食べ物にありつけないと思い、戦いを挑もうとした。そのとき、自分より弱そうな男を見つけ、「こいつになら勝てる」と思って戦いを挑んだ。相手は「許してください」と言って泣いている。「許してほしければ、手に持っているおにぎりをよこせ」と言ったが拒否されたので、無理に奪い取って食べた。

数日後、お腹を空かせていると、天道から食べ物の差し入れがあった。今度も同じ男の食べ物を奪おうとした。ところが意外にも、男は自分よりかなり強くなっていた。絶対に勝てると思っていたが、全く歯が立たない。男の食べ物を奪うどころか、逆に自分の食べ物を奪われてしまった。別れ際に「よくも、あの世で俺を川に突き落としてくれたな。今度、食べ物の差し入れがあったら、足腰が立たないくらいに殴り、お前の食べ物を奪い取ってやる」と言い残して行った。その男は、Cがあの世で殺したFだった。「あの弱そうに見えた男がFだったなんて。まさか、こんな所で出会うとは……」。

どうやっても勝ち目がない。今後のことが心配でたまらない。そこで仲のいい友人に相談を持ちかけた。「弱いと思って戦いを挑んだ男が、実はあの世で何回けんかをしても勝てなかった男だったんだ。謝っても許してくれるわけがなく、今度会ったら、もっとひどい目にあわされる。どうすればいいのだろうか」と。すると友人から「一度戦いを挑んだのだから、相手がどんなに強くても、死ぬまで戦うのが男じゃないのか」と、そっけない返事が返ってきた。

更に数日後、心配していたとおり、天道から食べ物が届いた瞬間、Fがやって来た。ひどい暴力を受けた上に、食べ物を奪われた。体は痛くてたまらず、空腹感は半端じゃない。仕方なく「暴力の町」を監督する神に願い出た。

**監督神**　また来たのか。今度は何の用だ。

**C**　私は凶暴な男にひどく殴られた上に、食べ物を奪われて、腹ぺこです。どうかお助けください。あの男をやっつけてください。

**監**　そうか。原因はどこにあるのかな。お前はあの世でもそうであったが、相手が自分より弱いと思えば、強く出る。本当は逆でなければならない。強い者には強く、弱い者には弱くなければならない。悪い者には強く、厳しく、困っている人にはやさしくしなければならないのだ。それは自分でも分かっているはずだ。分かっていながらやった者は、救いようがない。帰れ。

**C**　帰ると、またあの男にやられます。殴られ、食べ物を奪われ、生きて行かれません。

**監**　勝てると思う相手にだけ戦いを挑むという魂胆がいけないんだ。それに、あの世で人を殺すと、この世で会わされる。仕返しをされるのだ。殴られ、奪われても、辛抱を続ければ、いずれ相手がやってこなくなる。それまでの辛抱だ。行け。

Ｃは監督神の話を受け入れることができなかった。そして、覚悟を決め、Ｆに戦いを挑んだ。相手の食べ物を奪おうとし、殺し合いが始まる。必死になって殺し合いを続けたが、死んでも死んでも、自分も相手も生き返る。Ｆを殺し、自分が勝ったと思っていると、すぐにＦが蘇《よみがえ》り、攻撃してくる。自分がやられて「ああ、死ぬ～」と思うと、死なずに恐怖心と痛みだけが残り、また戦っている。実際には体はないのにあるように感じられ、やられた箇所は痛む。

あるとき、監督神の言葉を思い出して悟った。「どうせ戦って苦しい思いをするのなら、殺すより、殺される方がましだ。相手を痛い目にあわせるより、自分が痛い目にあった方がましだ」と。そして殴られても殴られても辛抱し続けた。そうすると、Ｆの階位が徐々に下がって行き、自分が上がって行くことに気付いた。Ｆと会わなくなり、その後は、誰にどんなに殴られて痛い思いをしてもじっと耐え、五十年間いた餓鬼道から畜生道に上がった。

畜生道に行くと、周囲の者から、あの世で殺人を犯したこと、弱い者を相手に積極的にけんかをしたこと、裁判で潔く自供しなかったことについて責められた。怒らせるために挑発してくる者もいた。それでも、餓鬼道にいたときのように、じっと辛抱して階位を上げた。ところが、もう少しで修羅道に上がれる所に来て、ついに辛抱しきれず、けんか癖に火がついた。度重なる挑発に乗ってけんかをしてしまったのである。怒ってけんかをすれば階位が下がることは分かっていた。分かっていてもやめられない。何度も挑発に乗ってけんかをし、その度に階位を下げた。

　更に、あの世でGにそそのかされて人を殺し、この世で罰を受けていることを思い出した。「Gさえいなかったら、こんなことになってなかったのに」と、Gに対する恨みの気持ちが沸々と湧いてきた。すると、そのことが心に重くのしかかり、沈んでいくのを感じた。そして、畜生道から餓鬼道に逆戻りしそうになっていた。

「このまま階位が下がり続けると、またFに会うかもしれない。どうすればいいんだ」と困っていると、三回目の殺人を犯しそうになったときに止めてくれた親友のことを思い出した。あのとき親友が止めてくれなければ、もっと重い罪を背負わなければならなかった。現在の刑罰で済んでいるのは親友のお陰であることに気付いたとき、親友に対し感謝の気持ちが湧いてきた。すると不思議にも、重くのしかかっていた言いしれぬ怒りの気持ちが薄れて心が軽くなり、浮くように感じた。

　そのとき悟った。「この世に来ると、あの世で犯した罪を背負わされる。罪が重ければ背負わされるものも重い。また、自分の心の中にある恨み、憎みの思いや、相手の自分に対する恨み、憎みの思いも同様に重くのしかかる。逆に、大きな功績を挙げたり、人に感謝をしたり、人から感謝されたりすると、軽くなるのだ」と。

あの世では、人を恨んだり、怒ったり、悪いことをして心が重くなっても、体に重みがあるため、階位が下がることを感じないが、この世に来れば心だけになるから、心が重くなって、階位が下がることが体感できる。

畜生道の下層部まで下がったとき、もうけ話を持ちかけられて乗ってしまい、何度もだまされた。その度に怒りが収まらなかったが、それでも辛抱した。気持ちを切り替えて、だまされても、責められても、相手に「ありがとう」と言うと、その瞬間に心が軽くなり、階位が上がったことを感じた。その後は何があっても「ありがとう」と言う習慣を身につけ、畜生道の上層部まで上がった。

あの世で人を殺した動作を目の前で再現され、非常な怒りを覚えることもあったが、じっとこらえて反省した。「これは神様が反省しなさいと言って、この人にこのような動作をさせているのだ。この人は神様に踊らされているだけで、この人が悪いわけではないんだ」と自分に言い聞かせた。「ありがとうございます。もう二度としません」と言って、詫びと感謝の気持ちを発し続けていると、三十年間の畜生道生活が終わり、修羅道に上がった。

修羅道でも暴力を受けたり、食べ物を奪われたり、だまされたりしたが、餓鬼道や畜生道のときよりも程度は軽かった。ここで二十年間辛抱して人道に上がると、すぐに誕生神から声がかかった。

**誕生神**　君は十分に苦しみ、悟った。そろそろあの世に行ってもいいのではないか。どうする。

**C**　はい、ぜひ行かせてください。どう生きるべきか分かったような気がします。どんな悪い環境でも克服する自信がありますので行かせてください。

**誕**　よし、わかった。それではかなり厳しいが、極貧家庭の女に生まれ育ち、両親から売りに出される。行った先はとても厳しく、つらい思いをする。これに耐えればかなり向上できる。試練だぞ。

# 第4章

## A ✦ 戦乱の収束後、尼になった女

時代は十五世紀に入る。

Aは武士の長女に生まれ変わった。喜怒哀楽の激しい性格で、金銭欲が強かった。将軍であるBと結婚し、自分の息子を将軍にさせようと奔走して、都が大戦乱になるきっかけをつくった。戦乱のさなかには、人々から多額の税を徴収したりして都の富を独占していた。しかし、最後は膨大な富をつぎ込んで大戦乱を収束させた。

戦乱後、夫であるBは将軍職を退いて芸術の道に進み、Aは人の役に立ちたいとの思いから尼になった。町人たちと交流を深め、町人からの質問には、納得するまで丁寧に答えた。ある日、夫との立場の違いに不満を持ち、離婚したいと言って訪ねてきた女性に対し、説教した。

**女性** 私の夫は、結婚前はやさしかったのですが、すぐに態度が変わり、今では偉そうに私に命令します。結婚するときは、この人に一生涯尽くそうと思っていましたが、今はそん

な気持ちはありません。

**A**　女に生まれたからには、最後まで夫に尽くすことが使命です。離婚することは、それを自ら放棄することになるのです。私も男女平等の世の中が来ることを願ってはいますが、男と女では体のつくりが違うので、全く平等の世の中が来るとしても、ずっと先のことになりそうな気がします。人間は何回も生まれ変わり死に変わりして、男に生まれたり女に生まれたりしていますから、今は割り切った方がいいと思いますよ。

この世では、あなたのご主人があなたに偉そうなことを言って、あなたがそれに従う。だからご主人の方があなたより上で、男女が不平等だと思われているようですが、それはこの世のことだけを考えているからそう思うのであり、次の世で男女が入れ替われば、今の立場は逆転します。

**女性**　私は小さい頃から、お嫁に行くことばかりを親から言われ、お嫁に行った先で恥をかかないように躾《しつけ》られてきました。女は男のために存在するのでしょうか。

**A**　私も男社会に振り回されてきて、うんざりしたことが何度もありました。でも、男には男の修行があり、女には女の修行があるのです。ご主人に偉そうに言われてもそれに耐えるのが女の修行であり、上役に偉そうに言われてもそれに耐えるのが男の修行です。

この世では全般的に男の方が働きが良くて、偉そうにしていることが多く、不平等に感じますが、この世は修行の場で、神様がそのようにつくられているのですから、辛抱するより他ないのです。辛抱の結果、辛抱するまでもなく自然に振る舞うことができるようになれば、女としての修行はほとんど終了したも同然です。次の世ではおそらく男に生まれ、男の修行をすることになるでしょう。そのとき、自分より弱い女性に偉そうにせずに、やさしくすることがあなたにとっての修行であり、もし偉そうにするようなことがあると、今度は女に生まれさせられて、男に偉そうにされることになります。

あなたのご主人は次の世ではおそらく女に生まれさせられ、あなたのように男に偉そうに言われて、悔しい思いをすることになるでしょう。夫に尽くすことが女の修行であり、夫が働きやすい環境を作り出すことが女の使命です。男は外で働き、収入を得て家族を食べさせる。妻にはやさしく接し、妻が喜んで家事に専念できる環境を作り出すことが男の使命です。今はそういう時代なのです。

**女性**　なぜ、そうまでしなければならないのですか。

**A**　今の人間には、相手を思いやる気持ちが足りないのです。だから神様が人間に修業をさせているのです。男女に差を設けているのも、人間一人ひとりに差があるのも、全て修業のためなのです。どうすれば相手に喜んでもらえるかを考え、損得勘定抜きで行動することが尊いのです。例えば、もしここで両手がふさがっていて、もう一本手があったらと思ったときに、それに気付いた人が手助けしてくれたら、どんな気持ちになりますか。

**女性** それは嬉しいです。ありがたいです。

**A** そうでしょう。もし、あなたのご主人がそんなことをしてくれたら、あなたは飛んで喜ぶと思いますよ。

**女性** ええ～。夢のような話です。そんなこと、ありえません。

**A** できるかもしれないですよ。あなたがご主人にとって、三本目の手になれば、ご主人も同じようにしてくれるかもしれません。いずれにしても、離婚することなんか考えずに、ご主人の三本目の手を目指して努力してください。それでも、もしあなたがご主人の振る舞いに不満があるのなら、ご主人をここに連れてきてください。私がお話してあげますから。

女性は家に帰り、早速、夫の三本目の手になるべく努めた。常に、何をすれば夫が喜ぶかを考え、行動した。しかし、三十日たっても夫の行動に変化がないため、夫に言った。

**女性** 尼さんが、あなたと話がしたいと……一緒にお寺に行ってほしい。

**夫** ええっ、まさか。あのお方が？　本当か。行くよ。

女性は夫を連れてAを訪ね、三十日間の行動を話した。それを聞いて、Aは夫に説教した。

**A** 奥さまから聞きましたが、あなたはたいそう奥さまを見下しているようですね。女性を道具と勘違いしていませんか。

**夫** 道具だなんて、とんでもない。私は常に妻を大切にしています。

**A** 本当ですか。奥さまは、いつもあなたが気持ちよく仕事ができるように、できる限りのことをしてくれているのです。あなたのために何をすればいいか、気を配り、尽くしてくれているのですよ。それに対し、あなたは子守をするなど、何か奥さまが喜ぶようなことをしていますか。

**夫** 特にしていません。私は働いて家族を養っているのですから、何もしなくて当たり前です。外で苦しい思いをして、疲れて帰ってきて、家で休んで何が悪いのでしょうか。私が外で働き、妻が家事全般をするのが我が家の役割分担で、他の家でもそうしていますよ。

**A** その考え方がいけないのです。それは時代遅れというか、時代を先取りしていないということです。その考えは、今は通用しても、後の世には通用しません。これからは、遠い将来を見越して生きなければならないのです。そうでないと、将来、ひどい目にあいますよ。

**夫**　どうして、ひどい目にあうのですか。

**A**　人間は死んだらあの世に行きます。あの世での生活を終えると、またこの世に戻ってきます。そのときには、今の考えは通用しないようになっているでしょう。ですから、先の世を見越して今から実践しておくのです。男には男の修業があることは、女の私も分かっています。仕事場ではたいへんなご苦労をなさっていることでしょう。上役に気に入られるにはどうすればいいかを常に考えておられるでしょう。それと同じように、どうか奥さまに対しても、どうすれば喜ばせることができるかをよく考えて接してあげてください。

このように、町人からの質問に丁寧に答え、良い方向に導いた。そして、自らも向上に努め、波乱に満ちた生涯を閉じた。

---✦---

Aはあの世に行くと、長老たちに拍手で迎えられた。そして翌朝、裁判に臨んだ。

**裁判神**　君は尼として任務を全うした。高く評価する。

**Ａ**　ありがとうございます。後半生は、前半生の罪滅ぼしです。

**裁**　そうだな。それに触れないわけにはいかない。君から先に言いたいことがあれば、言いなさい。

**Ａ**　私は夫から、将軍職を継ぐ男子を産むよう何度も頼まれ、必死になって産みました。しかし夫は息子を将軍にしようとしませんでした。私はどうしても自分の息子を将軍にしたくて夫を焚《た》きつけました。今から考えると、自分の欲望を抑えることができなかったことで戦乱のきっかけをつくってしまい、やめておけばよかったと、深く反省しております。

**裁**　他に反省すべき点はあるか。

**Ａ**　はい。私は生まれつき、どん欲で、特に権力や富にはどん欲でした。普通は、自分の欲求が満たされると満足するものですが、私は満たされても満たされても、更に足りないものを追い求めます。欲望にきりがないのです。富を独占し、人々に多大な迷惑をかけたと思います。たいへんな恨みを買ったと思います。

**裁**　それで、どうしたのだ。

**Ａ**　欲望を持つことをやめ、自分の地位や権力、財産を全て捨てようと考えました。戦を終わらせるには、兵士に対する恩賞が必要ですので、恩賞を与えて戦を終わらせました。戦乱で焼け出された町の人々にお金を配ったり、消失した建物を修復したりしました。その後は、残った財産で自分のお寺を建て、困っている人の悩みを聞くことにしたのです。

**裁**　うん。功罪ともに、非常に大きいな。

**A**　罪の方が大きいと思います。私はあの世で、ある和尚さんに「自分を大切にすること」を教えられ、別の和尚さんには「自分を捨てることの大切さ」を教えられました。私はその狭間で悩んで生きていたのですが、どちらが正しいのでしょうか。

**裁**　どちらも正しい。自分の利益を後回しにして、目の前で苦しんでいる人を助けるのは素晴らしいことである。しかし、常にそのようなことをしていては、自分の生活が成り立たない。自分あっての人助けである。だから、自分を優先しすぎてもいけないし、他人を優先しすぎてもいけない。むずかしく考えることはないんだよ。家庭と仕事のどちらが大切かという問題と似ているが、仕事ばかりして家庭が崩壊しては何にもならないし、逆に、家庭を優先し過ぎて仕事を放棄していては社会人として失格である。どちらを取るかは、そのときの状況により判断すべきである。

それと、他人の命を救うために自分の命を犠牲にするときは、全体の利益を考える必要がある。助けようとする人が、自分より社会に貢献できる人であればいいが、そうでない人のために自分の命を犠牲にするのは、神様には喜んでもらえない。

Ａ　わかりました。話は変わりますが、あの世では必ずしも正しい者が勝つとは限らず、むしろ、悪い者、強い者が勝つことが多いと思うのですが、なぜでしょうか。私はこの質問を何度も受けて、確信を持って答えることができず、本当に困りました。

裁　それで、君はどう答えたのだ。

Ａ　「正しい」というのは、心の問題で、「強い」というのは、心と体の問題だと思います。この世は心の世界ですから、正しい者が勝つのですが、あの世は心と体の世界ですから、悪い者や強い者が勝つこともあると説明しました。

裁　その説明は正しいが、それだけでは足りない。悪い者が勝って利益を得たとしても、それは借金をして利益を得たことになり、この世に来れば大きな借金を背負うことになる。結局は大損するということを教えてやらなければならなかった。

Ａ　悪人がこの世に来てから、どんな末路を辿ったか、分かりませんでした。

裁　悪人の末路をあの世から見ることができれば、分かりやすいのだが、それはできない。分かれば誰も悪いことをしない。悪いことをしたことに対する報いが来なくても悪いことをしないところに、人としての値打ちがあるのだ。

Ａ　はい、大切なことが抜けていました。それと、私はあの世で「努力は必ず報われる」と言って人を励ましてきましたが、実際には努力が報われないことがあり、困惑していました。どうして努力が報われないことがあるのでしょうか。私は、努力は全て報われるべきだと思っています。

**裁**　人それぞれに宿命があり、どんなに努力しても成功しない人、ある程度しか成功しない人、大成功する人に分けられている。また、その中にも、それぞれの分野で成功・不成功に分けられている。ある分野では成功しても別の分野では成功しないことがあるのだ。それらには、個人的理由と政策的理由がある。

まずは個人的理由である。人それぞれ、過去世に善悪の違いがあり、使命にも大小の違いがある。大きな罪滅ぼしのためにあの世に行っているのであれば、少なくとも大成功させるわけにはいかない。逆に、過去の行いが良く、使命も大きければ、大成功させても良い。また、人それぞれ過去世が違い、それぞれの分野での経験年数や熟練度も違う。だからあの世では、自分に合った、時代に合ったことに取り組む必要がある。それが何かを見つけ出すのはむずかしいのだが……。

更には、家族との関係もある。成功の恩恵を最も多く受けるのは家族である。自分が成功すれば、家族も幸せになれる。失敗すれば、家族は幸せになれない。だから、幸せになる資格を持った家族がいれば成功しやすいが、逆だと失敗しやすい。

もう一つは政策的理由である。神様の計画に反することはできないのだ。「今、これを発明・開発されると時期的に早いので、困る」といったもので、あの世で成功する資格を持った人が苦心努力したときは成功させてやりたいが、それを許せないこともある。過去には、政策的理由から、成功の一歩手前で命を落とした人もいるんだよ。これには心が痛む。

**A** そういうわけなんですね。努力が実るかどうか分からないまま、あきらめずに努力を続けるには、根気がいります。

**裁** そうだな。しかし、成功したかどうかの結果よりも、どれだけ努力したかが長い将来には大切で、再度あの世に行ったときに反映されるのである。成功しても、それが個人的な要素が強く、さほど社会に貢献しなかったのではあまり意味がないし、成功報酬を自分のことのみに費やしたのでは全く意味がない。

理想としては、懸命な努力をして大成功し、社会貢献をして、その生き方が模範となることである。成功の上にあぐらをかいていたのでは、決して模範とならないし、こんな人には成功してもらいたくない。

**A** 大成功してそれが社会に役立ったとして、人間的にあまりよくなかった人は、どう評価されるのですか。

**裁** う〜ん。それがまたむずかしいのだよ。努力したこと、社会に役だったことは功績として認められても、人間的に、例えば傲慢《ごうまん》であったり、破廉恥《はれんち》であったりしたときは、悪い評価となる。では、総合的にどう評価し、この世のどの世界に行かせるべきか、また、次はあの世でどんな環境に生まれさせるか、むずかしい。基本的には、先に罪滅ぼしをさせ、性格を矯正させている。その上で、階位を上げるように仕向けているんだ。

成功・不成功の話に戻るが、あの世における結果だけを見て評価してはいけない。まじめに努力し、真っ当に生きれば、たとえあの世で成功できなくても、また幸せをつかむことができなくても、その人生は高く評価できる。

ところで、君のあの世での使命は何だったのか。生まれる前に、誕生の神様が最後に言われたことを覚えているか。

**A** はい、覚えています。「大きな使命を課す」とおっしゃいました。そのときは意味が分かりませんでした。私の悪い性格を利用して、大きな仕事をさせていただいたということでしょうか。

**裁** そうだ。大きな仕事をするためには、どん欲な性格も必要となる。激しい性格もだ。それはやむを得ない。それがあるから神様は君を選んだのだから。

それでは判決を言い渡そう。合格だ。ただし、罪滅ぼしをするために、先に餓鬼道に行ってもらう。大きな徳を積んでいるので、特別に食べ物を持たせてあげよう。

判決を受け、餓鬼道の中にある「極貧の町」で生活することになり、そこに行くと、戦乱の犠牲になり、餓死した人たちが大勢いた。「あんたに大金を巻き上げられた」「あんたはいい暮らしをしていたが、私たちは飢え死にした」などと言って殴られた。何度も大けがをさせられたが、「私が都の人々を不幸のどん底に陥れたのだから、責任を取らなければならない」と思い、一人ひとりに真剣に謝った。抵抗せずに、裁判神にもらった食べ物を少しずつ配って、十年近く辛抱していると、やっと町の人たちが許してくれた。

次に隣にある「戦乱の町」に移されると、夫であるBが、Aより先に死んでこの町に来ていて、空腹に耐えながらも、戦乱の犠牲になった武将たちに、一心不乱に詫びていた。Aは何とかして助けたいと思い、飢えに苦しむ武将たちに、天道の人が届けてくれた食べ物を配り、Bと一緒に詫びた。すると、武将たちはBを許してくれた。その徳により、Aは十年間いた餓鬼道からの脱出を許され、畜生道に上がった。

畜生道では「借金の町」で罪滅ぼしをすることになった。餓鬼道に比べ空腹の苦しみは軽減されたが、恨み、憎みを受ける苦しみはつらい。ここでも、都の大戦乱の中で金銭を巻き上げられた武将や町人から激しく責め立てられ、ひたすら謝った。それでも許してくれない者がいて困っていると、今度はBが助けに来てくれた。祈りを捧げる寺院を建てたり、庭園を造ったりしてくれたのである。これに感動した武将や町人たちはようやく許してくれ、十年間いた畜生道から脱出して修羅道に上がることができた。

修羅道でも、都の大戦乱で被害を受けた武将や町人から激しく責め立てられ、必死に謝り続けた。更に、修羅道に上がって十年目のある日、修羅道の一角にある「闘争の町」にいるBの噂を聞いた。「もう十年近く、他の武将たちから槍や刀で攻められている」とか「何回も斬り殺されては生き返り、悪戦苦闘している」という。監督神の許しを得て見に行くと、噂どおりのことが起きていた。自分だけでは助けられないと考え、他の武将たちの妻に協力を求め、一緒にBの元に駆けつけた。Aは「もう、祈るしかない」と思い、武将の妻たちとお経を唱えた。更に、天道の人が届けてくれた食べ物を武将たちに配り「もう、これくらいで、許してやってください」と頼むと、武将たちはやっとのことで許してくれ、平和になった。その功績が認められ、人道に上がった。

人道で八年間暮らし、天道の手前まで階位が上がったところで、誕生神に呼ばれた。そのときも、権力に対する強いあこがれと、激しい性格はまだ残っていた。誕生神から「あの世は秩序が非常に乱れ、バラバラの状態である。このまま放っておくと他の国に侵略される。本当は天道に上げてやりたいのだが、時間がない。強い武将に生まれ変わって、国を立て直しなさい。少々荒い手を使ってでも」と言われ、戦乱の世に送り出された。

## B ✦ 将軍家に生まれ、文化面で活躍した男

Bは前世で、だまされる因縁を断ち切ったが、それ以外の悪い因縁は断ち切れぬまま、将軍家の男子に生まれた。父と兄が相次いで急死したため、成人する前に将軍になったが、多方面から政治的いやがらせを受け、意欲を失っていた。

そんな中、十五世紀半ばに、Aと結婚した。跡取りに恵まれなかったため、弟に将軍職を譲る約束をしていたところ、翌年、男子を授かった。そのときAから、将来における息子の将軍就任をせがまれた。

A　あなたは私に「男の子を産め。産めばその子を将軍にする」と約束したので、私は必死になって男の子を産んだのです。だから将来は息子を将軍にすると約束してください。

B　ワシは弟に将軍職を譲ると約束した。それもワシの方から無理に頼んでまで約束したんだ。いまさらその約束を、なかったことにすることなどできない。

A　それでは私との約束はどうなるのですか。まさか、それは知らないと言うのではないで

しょうね。私との約束より、そちらの方が大事ということですか。

B　弟に将軍職を譲った後、息子が成人したときに、将軍職を返してもらう。弟とその約束を交わすよ。

A　そんな約束、当てになりません。あなたの次は息子を将軍にすると約束してください。

B　ワシの力だけでは無理だ。有力守護大名の力を借りよう。

Bは自分の家督争いに、他の武将の力を借りることにした。その結果、都では、大戦乱が起こった。この戦乱で、Bは将軍としての力を発揮することができず、味方を裏切ったりして、将軍として、人として、信頼を失った。そしてついには、戦乱の最中に、将軍の実権を握ったまま、将軍職を息子に譲った。弟との約束を破ったのである。

その後も戦乱は収まらず、多くの寺院や民家が焼け、死者を出した。妻のAは、一刻も早く戦乱を収めようとして、莫大な富を武将に配り、戦乱を終わらせた。また、焼けた都の修復にも莫大な資産をつぎ込み、将軍家の信頼を回復させてくれた。一方のBは、息子の成長を機に、実権をも息子に譲ることにし、Aに言った。

B　ワシは今まで熱心に政治に取り組んできた。しかし何度もいやがらせを受けた。これからは芸術の道に進もうと思う。「天は二物を与えず」と言うが、ワシは二つ与えられた。その二つを両立できればいいが、できない。そこで、芸術を選ぶことにした。なぜなら芸術は誰にも邪魔されない。人は文句を言うが、物は文句を言わない。だから、人を相手にするより、物を相手にする方が楽しいのだ。わかるか、この気持ち。

**A**　わかりません。わかりたくもありません。

その後、Bは寺を建てたり、庭を作ったり、美術品を収集したりして、文化の発展に多大な貢献をした。そして、Aが亡くなる数年前に、あの世に旅立った。

―――✦―――

Bがみんなの広場に到着すると、祖父が迎えに来ていた。あの世の行いは功罪ともに大きいと思っていたので、褒《ほ》められるのか叱られるのか、期待と不安が交錯していた。

**祖父**　ワシは金ぴかが好きじゃが、お前は地味なのが好きなようじゃな。ワシもお前も厳しい時代に神様から将軍を命ぜられたし、文化の奨励も命ぜられた。ワシは政治に関しては一生懸命にやったことで多方面からの協力を得られた。そして、文化の奨励にも成功した。お前も一生懸命に政治をやっていたが、諦めるのが早すぎた。もう少し粘っていれば、協力してくれる武将が出てきたはずだ。家督争いは世の常で、自分の子供を将軍にしたい気持ちは分かるが、約束は、約束。どんな事情があっても、守らなければならない。世を混乱に陥れたからには、責任を持って、命を賭してでも、収めなければならなかったのだ。

**B**　はい、わかっています。それについては、大きな責任を感じています。言い訳するつもりはありませんが、私は芸術面に非常に興味を抱き、見る目もあったと思います。それがどうも足かせになっていたような気がします。「天は二物を与えず」と言いますが、政治面か芸術面のどちらか一方で良かったと思います。そして願わくは、勇気と根性を与えてほしかったです。

**祖父**　ほほう、勇気と根性か。そうだな。それがあれば、反抗する武将たちを従わせることができただろうな。しかし、長所ばかりで短所がない者など存在しない。仕方がないと思う。

**B**　はい。しかし、十年余りに及ぶ大戦乱を引き起こして大きな犠牲を招いたことを思うと、これからどんな罰を受けるか心配です。

**祖父**　それは心配だろうな。ワシも祖父として責任を感じている。だから、犠牲になった人たちや、その御先祖様に謝罪して回った。許してくれる人もいれば、許してくれない人もいる。心の傷が癒えない人もたくさんいる。明日、裁判があるから、素直に詫びるべきだな。

祖父はそう言って、立ち去った。Bは翌朝、不安な面もちで、裁判に臨んだ。

**裁判神**　君は文化の発展に大きく寄与した。合格だ。後世の人々に感謝されるであろう。人間が生きて行くには楽しみが必要である。その楽しみは、文化的水準が高ければ高いほど良い。ただ見て楽しむだけでなく、礼儀作法も取り入れ、文化的価値が高くなった。

**B**　ありがとうございます。私はただ趣味に生きただけですのに、そんなに高く評価していただいて恐縮です。

**裁**　うん。文化面に関しては高く評価する。次に悪い面も指摘しなければならない。わかっているだろうが、都の大戦乱のことだ。どう責任を取るつもりだ。

**B**　戦乱に巻き込まれて亡くなったり傷ついたりした人々に、精魂込めて謝りに回るしかないと思っています。

**裁**　そうだな。それしかないな。まず、餓鬼道に行きなさい。

Bは餓鬼道や畜生道、修羅道で苦しんでいる人々に謝罪して回った。

最初に、餓鬼道の中にある「戦乱の町」に行った。ここでは、都の大戦乱の犠牲になった武将たちが集まっていて、少ない食べ物を奪い合っていた。Bは戦乱で何度も味方を裏切っていたが、その武将たちに会ったときは、合わす顔がなかった。

武将たちに真剣に謝ったが、許してくれるどころか、「もう一度戦って、決着をつけようではないか」と武器を持って戦いを挑まれた。あの世で戦った武将たちは全て敵に回り、味方は一人もいない。Bは「戦乱を引き起こしたのだから、何をされても仕方がない」と諦め、殴られても斬られても、ひたすら謝った。

こんな生活が十五年以上続き、「いつまで続くのか。もう、どうにでもなれ」と自暴自棄に陥ったとき、救世主が現れた。妻であるAが食べ物を持って来てくれたのである。「地獄に仏」とはこのことを言うのであろう。武将たちに食べ物を配り、一緒に謝ってくれたお陰で、全員が許してくれた。

すぐに餓鬼道から脱出でき、畜生道に上がった。畜生道では「戦乱犠牲者の町」で暮らすことになり、あの世で戦乱に巻き込まれて飢餓《きが》に陥り、飢え死にした人たちから厳しい攻撃を受けた。大勢の人から食べ物を乞われ、殴られて傷を負ったこともあった。しかし、天道の人が傷の手当てをしてくれたお陰で治った。そのとき、天道の人から手渡された食べ物がとてもおいしそうに見え、すぐにでも食べたかったが辛抱し、全て配って許してもらった。

やれやれと思っていると、今度は、火事で寺院を焼かれた住職から、寺院と寺宝の弁済を求められて困った。もう、どうしようもないと諦めかけたとき、あの世で得意にしていた建築や庭造りの技術を活かすことを思いついた。木材を集めて寺院を建てたり、石を集めて庭園を造ったりして中に案内すると、その美しさに感動して許してくれた。

更に、Aが畜生道の「借金の町」で苦しんでいるとの話を聞くと、監督神の許しを得て、すぐに駆けつけた。質素ではあるが、寺院を建てたり、庭園を造ったりして、町の人々を満足させると、その功績が認められ、畜生道からの脱出を許された。

修羅道に上がり「今後はどんな苦難にあっても、芸術の手腕を発揮すれば切り抜けられる」と油断していると、修羅道の中で最も厳しい「闘争の町」に行かされた。しばらくすると、多くの武将が槍や刀を持ってやって来て、地位の回復や財産の弁済、傷の手当てを求められた。これに応じなければ戦闘も辞さない構えだ。そのとき、芸術の手腕を発揮しようとしたが、芸術に興味のない者ばかりで、全く通用しなかった。Bはどうすることもできず、首を差し出すと、何度も斬られては生き返り、また斬られては生き返りした。

斬られてばかりの日々を十年近く耐えていると、その話を聞きつけたAや武将の妻たちが

下記ページに誤記がありましたので、
お詫びとともに訂正させて頂きます。

159頁6行目　誤）文化に勤《いそ》しむはあまり見られない。

　　　　　　正）文化に勤《いそ》しむ姿はあまり見られない。

『あの世とこの世を行ったり来たり　上巻』　株式会社パレード

やってきて、お経を唱えてくれた。更に、食べ物を配って一緒に謝ってくれた。そのお陰で、許してもらうことができ、Aや武将の妻に感謝するとともに、迷惑をかけたことを素直に詫びた。闘争の町は平和になり、AもBも罪が赦され、共に人道に上がった。

Bは人道に上がると、様々な人と出会い、話すうち、人心掌握術を身につけていった。芸術の感性も磨きながら階位を上げ、十年後、人道の最上部に上がった。ここには、下界で苦しんでいる人を助けに行く姿は見られるが、文化に勤《いそ》しむはあまり見られない。しかも、文化の水準はあまり高くない。これではいけないと思い、次々と展覧会を催し、収集した美術品を展示して、人々を文化活動に誘った。徐々に人道最上部の人々の心を掴み、新たな芸術が芽生えた。更に芸術を奨励しようとしたとき、誕生神に呼ばれ、次のことを言われて戦乱の世に送り出された。

君は前の世で、政治の安定と文化の発展の二つの使命を課せられた。後半生は文化の発展に貢献したが、前半生は政治を途中で投げ出し、混乱を招いた。混乱に立ち向かう勇気と根性がなかったのだ。望みどおり、特別に勇気と根性を与えるので、もう一度、やり直せ。この世でもっと文化活動をさせてやりたいが、時間がないのだ。国を平和にし、文化を更に発展させるのだ。期待しているぞ。

## C✦幼少の頃に売られ、苦労し続けた女

Cは極貧農家の長女に生まれ変わった。その後、弟二人が生まれた。両親は、このままでは家族の生活が立ちゆかないと判断し、泣く泣く十二歳の娘を隣町の商家に売って現金を得た。Cは泣き叫んだが、迎えに来た商人に連れて行かれた。

行った先は主人も奉公人も非常に厳しく、朝早くから夜遅くまで働かされ、つらい日々を送った。弟二人も奉公に出され、年に一回帰省していたが、そのうち音信不通になり、夫婦二人きりの生活になっていた。

両親は五年前にCを売りに出したことを後悔し、取り戻すべく隣町の商家に行った。しかし、既に苦しさのあまり商家を逃げ出し、行方不明になっていることが分かった。そこで方々を捜し回り、ついに更に隣町の農家で発見した。Cも懐かしさのあまり両親の懐に飛び込み、家に帰りたいと言って泣いた。両親は娘を返してほしいと農家の主人に懇願したが、高額を要求された。一年後にその高額を持ってくると約束するしかなく、Cも一年後を楽しみに必死に働き続けた。農作業は体力的にきつく、与えられる食べ物も満足できるものでは

なかったが、あともう少しと思って辛抱した。

約束の日が近づき、その日が来るのが待ち遠しかった。しかし、その願いは主人によって打ち砕かれた。主人は以前に自分が汚してしまった絵画を、Cが誤って料理をこぼして汚すように仕掛けていたのである。

その計画は、翌日実行された。Cは料理を運ぶ途中につまずいてこぼしてしまい、机の上に置いてあった絵画を汚してしまった。そのとき、絵画が既に汚れていたことに気付かなかった。主人は「どうしてくれるんだ。大金を出して買った大切な絵を。弁償してもらう！」と迫った。

数日後、約束の日が来て、両親は農家にやってきた。娘の喜ぶ顔を楽しみに、約束のお金を調えて。しかし、娘に会った瞬間、何とも言えない悪い予感がした。そして主人に告げられた。大切な絵画を汚したため、持ってきた金額では足りず、引き渡せないことを。

両親はがくぜんとした。今日から娘と一緒に暮らせると、胸を躍らせて遠い道のりを歩いて来たのに。一年間働いて貯めたお金を持って来たのに、何ということか。Cも両親も号泣したが願いは叶えられなかった。日が暮れかかっていたので、一日だけ納屋に泊めてほしい、娘と一緒に寝かせてほしいと頼んだが、それも断られた。持ってきたお金を全額支払い、足りない分が調い次第、娘を引き渡してもらう約束をして、やむなく両親は帰った。

Cは絵画を汚したのが主人の罠であることを知らず、自分の不運を嘆いたが、もう一度、気を取り直して農作業に励んだ。その後も、米を客にだまし取られて店に損害を与えたりしたが、言い訳をせずに弁済し、気丈に働いた。「何があっても、自暴自棄になってはならない。くじけてはいけない」と母から言われていたからである。

数か月後、Cの働きぶりを見ていた同じ町の豪商から縁談が持ち込まれた。主人は縁談をCに話すことなく了承した。両親に黙って嫁ぐことは申し訳なく思ったが、幸せになれると思って、豪商に嫁いだ。そのとき、主人はCに「両親の元に使いを出して、豪商に嫁いだことを伝えてあげる」と言った。

まじめに商売を手伝い、豪商夫妻からの信頼を得た。近々、両親が会いに来てくれると豪商夫妻に言って、共にその日を楽しみにしていた。しかし、両親が会いに来ることはなかった。両親に使いを出すという農家主人の話は嘘だったのである。その後、何も知らない両親が農家に迎えに来たとき「あなたの娘さんは私の大切な別の絵を汚し、いつの間にか逃げ出した。弁償してもらうため、私も捜している」と嘘を言って両親を諦めさせた。その際、両親が再度持ってきたお金を、弁済金として全額だまし取っていた。両親は落胆したが、諦めることなくもう一度Cを見つけようと必死に捜したが、見つけることはできなかった。そして一年後、二人とも過労で倒れ、失意のうちに亡くなった。

Cはそうとも知らず、両親が訪ねてくることを心待ちにして、商店の仕事をこなした。「お父さん、お母さん、どうして来てくれないの。私が黙って結婚したことを怒っているの」と心配しながら、忙しい日々を過ごした。客からの苦情に対しても、夫以上にうまく対応した。夫だけでなく、豪商夫妻も可愛がってくれ、幸せに暮らした。しかし、働き過ぎが原因で病気になり、豪商に嫁いで二年後、二十歳で病死してしまった。

✦

Cがみんなの広場に着くと、両親が迎えてくれた。

**C** お父さん、お母さん、ごめんなさい。黙って結婚して。

**母** いいのよ。その方が、幸せになれるんだから。旦那さんはいい人ね。あちらのお父様もお母様も。あのまま生き続けることができていれば、きっと、いい人生になっていたはずなのに。

**C** でも仕方がない。どこへ行っても、私には不幸がつきまとう。ただ救いは、あんな農家の主人の元で死ぬより、嫁いだ先で死ねたこと。それがせめてもの救い。お父さんもお母さんも、ずっと私を捜し続けてくれていたんだね。私、黙って結婚したから、お父さんもお母さんも怒って、もう会いに来てくれないのかと思っていた。

**父**　そんなわけないだろう。お父さんもお母さんも、お前には申し訳ないことをしたとずっと思っていた。自分の生活のために娘を売りに出すなんて、最低だ。親として失格だよ。だからどうしても謝りたかった。お前の大切な人生を償えるなら、償いたい。

**C**　今から考えると、手紙を書けばよかったんだけど、忙しくてそれに気付けなかった。悔しい。

**父**　そうか。それにしても、許せないのは、あの農家の主人だ。こちらに来て真相を知った。あいつだけは絶対に許せない。

Cもその両親も、農家の主人に恨みを抱き、その死を待ち望んだ。農家の主人が死んで、もう一度会えれば、ぶん殴ってやろうと考えていたからである。そこにCの祖父が現れ、厳命した。

**祖父**　どんなにひどい目にあわされても、人を恨んではいけない。まして、暴力を振るうなど、もってのほかだ。ひどい目にあわされるのには、それなりの因縁がある。それは、過去世との関係と、先祖との関係と、相手との関係だ。

まず、過去世との関係だが、Cよ、お前は前世で二人をあやめた。前々世では母をだまして、兄弟と均等に分け合うべき母の遺産を多めに受け取った。そんな因縁があって、今世は貧乏な上に、人にだまされてつらい目にあい、幸せになる前に死んでしまうことが約束されていたんだ。

次に先祖との関係だが、お前の父も母も同じような前世があり、そんな因縁があって極貧生活に陥り、更に、同じような因縁を持つお前を授かったのだ。恥ずかしいことだが、俺も同じような因縁を持っている。

不幸な目にあうことの多くは、過去世の因縁によるもので、罪滅ぼしである。だからそれが済めば幸せが待っている。自分の不幸は自業自得と諦め、前を向くんだ。相手を恨むな。恨むと自分の心が重くなって階位が下がり、幸せが逃げて行く。せっかく辛抱を重ねてきたことが、水の泡になってしまうのだ。

最後に相手との関係だが、悪いことをしても金銭を得る人がいる。その人が過去世で、苦労の甲斐なく金銭に恵まれなかったことがあれば、今世において金銭に恵まれることを約束されていることがあるのだ。その場合、金銭を得る手段の善悪は問われない。善良な手段でのみ金銭を得るべきと考えられるが、現実はそうではない。金銭に恵まれることが約束されていれば、たとえ不正な手段であっても、その人は金銭を得ることになる。農家の主人は、本性は悪いが、前世で苦労の甲斐なく、受け取れるはずの金銭が受け取れなかったため、今世において金銭を受け取っているのだ。

このような因縁が重なり、お前は農家の主人のもとで働くことになり、被害を受けたのである。全ては因果応報であり、誰を恨むこともできない。強いて恨むのなら、自分を恨むことだ。そして、そんな暇があったら、自分の過去をしっかり反省し、将来に活かせ。極端な言い方になるが、自分の罪滅ぼしを手助けしてくれた農家の主人に感謝すべきなんだ。

Cとその両親は、農家の主人を恨むことで、自分の心が重くなっていることを感じ取っていたが、話を聞いて改心し、心が軽くなっていくのを感じた。

そしてCは翌朝、裁判に臨んだ。

**裁判神**　君の今の心境を、ありのままに言ってみなさい。

**C**　はい。私の不幸は過去世からの因縁で、自業自得であると、昨日、祖父に教えてもらいました。今は誰も恨んでいません。

**裁** そうか。人間は、恵まれた環境に生まれたり、恵まれない環境に生まれたりする。恵まれた環境に生まれ育った者は、それなりに大きな仕事をしなければならない。恵まれない環境に生まれ育った者も、厳しい環境に耐えなければならない。そして、どんな環境でも立派に生きられると判断されたときは、もはや修業の必要がないから、神仏界に上がることができるのだ。

人間には、あの世の使命や修業、罪滅ぼしとして、上中下・男女の六段階の人生がある。それは、

○ 国や町、社会や組織を動かすような大きな仕事をする人生。
○ 社会の中間層として、人に指示をしたり、指示されたりする人生。
○ 下積み生活や不幸な生活を送って苦労をする人生。
○ この三段階の人生を少なくとも男女各一回ずつで、計六段階の人生。

で、この六段階の人生すべてで合格点を取れば、もう、あの世で修業する必要がなくなり、めでたく神仏界に行くことができるのだ。この修業が終わらなければ、何回もあの世とこの世を行ったり来たりする。普通は苦労する人生から始まり、合格すれば中間層としての人生、大きな仕事をする人生へと進むが、順番どおりに行かない場合もある。

大きな仕事をするために、せっかく好条件、絶好の環境を与えられながら、その地位を

利用して良からぬことをしたり他人を苦しめたりすると、大きな罪になる。大もうけをしたり、権力の座に就いたりしたとき、世のため人のために生きるか、自己のため、家族のためのみに生きるかで大きな差が出るのだ。

中間層の人生も、地味であるが、重要な役である。上からの評価を気にする傾向にあるが、上からいくら良い評価を得ても、下からの評価が悪ければ、だめだ。

社会の下層部で苦労をする人生も、辛抱して堪え忍ぶか投げ出すかで、大きな差が出る。あの世で苦しみや不幸があるのは当然で、不公平だと嘆いても意味がない。不公平に見えるだけで、何千、何万年を総決算すれば、全ての人が、公平にできているのだ。

**C**　はい、わかりました。私に罪滅ぼしの機会を与えてくださった神様に感謝します。

**裁**　うん。あの世での行いがこの世で神に裁かれることが分かっていて善を行うのは簡単なことである。それが分かっていなくても善を行うことに意義があるんだ。あの世はそのように創られているんだよ。

**C**　はい。私は神様の存在やこの世の存在など、考えたことがありませんでした。

**裁**　神やこの世の存在が分からないから、目先の利益のみを考えて行動してしまうんだ。君を苦しめた農家の主人にしてもそうだ。農家の主人は、君の両親から金銭をだまし取り、死に追いやった。それ以外にも、数々の悪事を働いてきた。その罪により心が重くなっており、このままでは、この世に来てから厳しい罰を受けること間違いなしだ。

君はこれで他人からだまされる因縁を断ち切った。合格だ。人道の上層部に行き、そこで更なる向上に努めなさい。


Cが人道の上層部に行くと、あの世にいる二人の弟の姿が見えた。「私は死んで、別の世界にいるの。お父さんも、お母さんもよ。私たちの分も、幸せに生きてね」と祈った。そのとき「あぁ、お父さんもお母さんもこの世に来たとき、私のことを一生懸命に祈ってくれていたんだな」と思い、涙があふれた。

人道で二十年間、天道で三十年間暮らした後、誕生神に呼ばれた。「君に大きな使命を課す。弱小大名の男に生まれ、厳しい環境に耐えよ。辛抱を重ねた先に大成功がある」と言われ、戦乱の世に誕生した。

# 第5章

# A ✦ 宿命に逆らえなかった男

時代は十六世紀に入った。

Aは戦国武将の男に生まれた。父の英才教育を受けて育ち、父が死ぬと家督を継いだ。常識にとらわれず、正しいと思うことは迷わず実行した。国を統一したいという野望を抱いており、斬新な戦法を用いて大国を滅ぼした。そこには、大胆な性格の裏側に、繊細な性格も垣間見えた。更に、敵対する寺社勢力を一掃した。当時は寺社勢力が隆盛を極めており、国家繁栄や国民の幸福を祈る寺が多くある反面、一部には、神仏を利用して権力を悪用する寺もあるとAは考えていたのである。Aを悪魔とののしり「神に弓を引いたのだから、そのうち天罰が下る」と言う者もいたが、勢いは止まらず、近隣諸国を次々と平定していった。

喜怒哀楽の激しい性格であり、気に入った者は厚遇し、気に入らぬ者は冷遇した。功績を挙げた者には直ちに褒美を与え、気に入らぬ行為があったときには重臣であっても容赦なく家臣の前で叱責した。このことから、Aに恨みを持つ家臣もいた。

大胆不敵な行動に出ることもあったが、普段は用心深く、慎重に行動していた。居城にいるときも、戦に出たときも、警備は厳重にしていた。しかし、たった一度だけ、油断して警備を薄くしたときがあった。その隙をつかれ、天下統一のもくろみは、家臣Hの裏切りによって夢と消えてしまった。

燃えさかる火の中、心の中では複雑な気持ちが渦巻いていた。隙を与えてしまったことに対する後悔、天下統一の夢がかなわなかった悔しさ、裏切ったHに対する恨み、敵対勢力を倒してきた満足感、困難な改革を成就してきた自負、その他様々な気持ちが複雑に絡み合い、駆けめぐっていたのである。そして、肉体が燃え尽きたとき、あの世に到着した。

✦

みんなの広場では、Aの到着を大勢の人が待ちかまえていた。感謝の気持ちを捧げる人や罵声を浴びせる人、様々である。毅然とした態度で広場中央にある泉に着くと、泉が急に天高く湧き上がった。そこで湯を浴び、泉の前にどっかと座った。長老から明日の裁判についで告げられると、黙ってうなずき、短時間であるが、舞を舞った。そこでも、賞賛の声と罵声とが飛び交っていた。翌朝、裁判に臨み、裁判神に言われた。

**裁判神**　君は夢を目前にして家臣に裏切られ、さぞ悔しいだろうが、家臣を恨むな。君が夢を目前にしてこの世に戻されることは、最初から決まっていたのだ。君が考えていたとおり、国の秩序は乱れていた。だから、正す必要があった。そこで誕生の神様に選ばれたのが君だ。君は次々と改革を行い、使命を果たしていった。君がいたからこそ、次に続く者が出現できた。全ては君から始まった。しかし、あそこで君に国を統一されては困る。統治の神様の計画とは別の方向に行ってしまうからだ。それに、君は国を統一するには喜怒哀楽が激しすぎる。だからやめさせた。刺客を送ったのだ。

君は非常に用心深く、普段は警備を厳重の上にも厳重にしていたが、あのときだけは違った。非常に手薄であった。油断があったのだ。というより、油断させられたのだ。統治の神様と往生の神様によって。その僅かな隙をついて刺客を送り、君をあやめた。屋内だったから、さらし首にされずに済んだ。あれが屋外だったら、捕らえられて、さらし首にされていたであろう。場所の選定も往生の神様のお計らいだ。

**A**　そうだったのですかぁ。

**裁**　君のお陰で国は大きく変わり、一つにまとまる方向に導かれた。仕上げを目前にして悪いが、こちらに戻ってきてもらったわけだ。外国との折衝も上手くやってくれたな。お陰で外国に侵略されることはなかった。高く評価する。合格だ。

それにしても、誕生の神様には敬服させられるよ。あれだけ強い寺社勢力を討ったり、国の制度を大改革したりと、誕生の神様はよく君を選んだものだ。あんなことは、君の性格をもってしなければできないことだからな。

しかし、褒めてばかりはいられない。悪いことも取り上げなければならないんだ。君は寺社勢力を討ったばかりでなく、他の武将も多く討った。罪のない女性や子供もあやめた。その恨みは大変なものである。その罪は償ってもらうしかない。功罪両方あるときは、罪の償いを先にやることになっている。だから、天道に行く前に、餓鬼道に落ちてもらう。その後、どうやって這い上がるかは、君次第だ。君の激しい性格は直さなければならない。

**A**　私は餓鬼道に行くよりも、先に天道に行き、そこから修羅道などを改革したいです。神仏界は望みません。先に天道に行かせてください。

**裁**　そうか。よし、わかった。

Aは大きくうなずいて、天道に行った。天道に行くと、そこの住人が低姿勢で迎え入れてくれた。それを見て、あの世の延長で、天下人《てんかびと》としての生活が再び始まると思った。天道の人は、下界で苦しんでいる人を哀れんで、救いの手を差し伸べている。他人のためになることを自ら行うよう仕向けたり、やってはいけないことは何かを教えたりして、本人が自ら悟って行動できるよう、自立を促している。天下人としての威厳を示す絶好の機会だと考え、天道の人を指揮して修羅道を改革しようとした。しかし、何も言わなくてもみんな働くので、何もしなかった。そうするうちに、裁判神に言ったことはすっかり忘れ、修羅道を改革することはなかった。

料理人は最高の料理を持ってきてくれる。あの世で多大な功績を残したのだから、ここで贅沢三昧《ぜいたくざんまい》にふけることは当然であると思い、料理人や膳を運んでくれた人には礼一つ言わず、横柄な態度を取った。その後も人に対し横柄な態度をとり続け、それによって自分の築き上げた功績による徳が少しずつ削り取られていたが、そのことに気付かなかった。天道の中層部にいたのが、いつの間にか、下層部に下り、料理の質や世話をしてくれる人の待遇も低下してきた。その原因が自己の態度の悪さによるものとは思いもしなかった。

更に環境が悪化し、ついに怒りが爆発して、料理を持ってきてくれた人を殴ろうとしたが、その瞬間、体が動かなくなった。あの世では気に入らぬ家臣を好きなように罰することができたのに、この世では何もできない。それどころか、階位がだんだん下がって行き、ついに五年余りいた天道から、人道に落ちた。

人道生活二年目のある日、人道上層部の町を監督する神に呼ばれて、とがめられた。

**監督神**　君はあの世で素晴らしい功績を残した。だから、至れり尽くせりの生活が与えられた。しかし君は、色々と世話をしてくれた人に対し、礼の一つも言わず、非礼の限りを尽くした。

**A**　ちょっと待ってください、神様。私はあの世で多大な功績を残したのですから、厚遇を受けるのは当然ではないでしょうか。

**監**　いいや。その考えが間違っている。この世ではあの世の考えは通用しない。この世はあの世よりもずっと厳格に礼儀を重んじる所だ。相手が深く頭を下げれば、自分も深く頭を下げなければならない。ここはみんな、ほぼ同じ階位の者が住んでいるのだから。

**A**　ええっ。あの料理を持ってきてくれた人もですか。なぜ位の高い人がそのようなことをしているのですか。

**監**　あの世では、身分の下の者が上の者に頭を下げるが、天道の人は身分に関係なく、自然と人に頭を下げることが身についている。人のために尽くす気持ちが強く、そのことに喜びを感じ、人のために尽くすことを修業の一つにしている。君はこの世に来て、何か修業と言えることをしたのか。

**A**　何もしていません。でも、それならそうと、そう言っていただければ、やっていましたのに。

監　君はまだ何も分かっていないようだな。仕組みが分かってやったのでは意味がない。それなら誰でもやる。それに、少しでも向上しようという意欲さえあればやっていたはずだ。君は上げ膳据え膳の上にあぐらをかいていた。その結果、あの世での功績による徳を使い果たし、階位が下段に落ちてきたんだ。だから相手になってくれた人たちも以前より下段の人だから、それなりの待遇になってきたんだよ。

君は裁判の神様に、性格を直すように言われたであろう。忘れたのか。君は本来、先に餓鬼道に行くべきであった。ところが、裁判の神様は君が天道に行くことを特別に許された。なぜだか分かるか。

A　はい。あの世での功績が大きかったからだと思います。

監　ああ、まだ分かっていないな。だめだ。君が天道の人を見習って性格を直すことを期待されたからだ。君は神様の希望を、ものの見事に打ち砕いた。

A　……

監　性格というものは、長い年月をかけて形成されるもので、それには行動を伴わなければならない。あの世では、性格の良し悪しに関係なく、思ったことを行動に移せるので改善はむずかしくないが、この世では性格と異なる行動がなかなかできないので、改善はむずかしい。

天道にいる人たちは、餓鬼道などで苦しんでいる人たちを自立させようとして一生懸命に働いている。餓鬼道などにいる人たちはかわいそうだという気持ちから、人に命じられたわけでもないのに、自主的に献身的な活動をやっている。このように、天道で活躍できる人というのは、心が清く、やさしい人であり、恵まれない人を見るとかわいそうだという気持ちが自然と湧き、救いの手を差し伸べずにはいられない人である。

普段からこのようなやさしい心を持っている人は、丁重なもてなしを受けてもこれを辞退し、恵まれない人に譲る。自然と恵まれない人に気持ちが行くのだ。逆に天道で活躍できない人というのは、自分の恵まれた環境の上にあぐらをかき、恵まれない人を哀れむ気持ちが湧かない人だ。ところで君はどちらに属するのかな？

**A** ……

**監** 君は、丁重なもてなしを受けると、それが当然であり、永遠に続くものだと錯覚して自己中心の生活に陥っていた。それでは、どうすればよかったかと言うと、天道の人を見習い、その活動に参加すればよかったのだ。最初は意味が分からなくても、行動を続ければ分かるようになり、慈悲の心が身につく。性格を直すように言われた神様は、君が性格を直し、人格者になることを期待していた。

神はみな、君のことが好きだ。廃れた世の中を立て直してくれた。だから、あの世での功績に対する褒美として、何年かは好き勝手な生活を認めた。しかし、それも長くは天道を監督する神様がお許しにならない。私もそうだが、他の神様も残念がっているよ。

あの世では、高い地位があれば、たいていの物は手に入れることができるが、「他人のことを思いやる、清くやさしい心」は、どんなに地位が高くても、どんなに過去の功績や名誉を示しても手に入れることはできないのだ。このまま、当初の判決どおり、餓鬼道に行きなさい。

Aは、自分の天道での立ち居振る舞いが恥ずかしくなり、心を入れ替えなければいけないと強く思い、納得して餓鬼道に行った。そこには、Aから焼き討ちにされて体を焼かれた僧侶やその家族、戦で敗れて死んだ武士やその家族がいた。「この野郎。よくもやってくれたな！」と言って、戦いを挑んでくる。それに応戦しようとするが、体が思うように動かない。「斬られた。死ぬのか」と思ったとき、一瞬、意識がなくなる。だが、すぐに意識が戻る。またすぐに斬られる。死んだかと思うと、また生き返る。恐怖の連続である。

それだけではない。あの世でも、天道でも、食べたいと思ったときに、すぐに食事ができたが、餓鬼道では、天道からの差し入れしか食べることができない。その食べ物も、斬られてばかりで、ほとんど口にすることができなかった。急落した生活を、なかなか受け入れることができないでいた。それでもじっと辛抱し、十五年で餓鬼道生活を許され、畜生道に上がった。

畜生道に上がっても、焼き討ちにあって体を焼かれた僧侶やその家族、戦で敗れて死んだ武士やその家族がいた。「なぜ、子供まで殺したのか」「焼かれた箇所が痛い」「天道に行くより、謝罪する方が先だったのではないのか」と迫ってくる。何を言われても反論できない。あの世で自分が犯してきた罪の重さを思い知った。「自分の非道によって犠牲になった人たちは、苦しい思いをしたんだな。死んでからも、ここで苦しんでいたんだな」と。

畜生道に来て十年が過ぎたある日、自分に言い寄ってくる者がいた。そのとき、その者の心がわずかに沈むのを見逃さなかった。「ここで言い返すと、自分の心も沈み、階位が下がる」そう思い、「すまなかった。本当にすまなかった」を繰り返した。本当は「お前が悪いのだ。自業自得だ」と思うところだが、この世では、思うだけでその気持ちが相手に伝わるので、ひたすら謝り続けた。謝り続けることで、相手を非難する自分の気持ちを封じ込めたのである。あの世では、その場で斬り殺すことが通用したが、この世では何もできない。かつての地位や権力、栄光は何の役にも立たない。ひたすら謝るしかなく、それにより階位を上げ、畜生道の生活を十年で終えて、修羅道に上がった。

修羅道に行くと、最も厳しい「闘争の町」に行かされた。鉄砲、刀、槍などで殺し合う世界である。Aの犠牲になった僧侶や武士、その家族がたくさんいて、鉄砲、刀、槍などで一方的に攻撃された。餓鬼道や畜生道にいるとき、攻撃してくる相手に対し、まともに戦うのではなく、謝罪に徹することにより、罪が赦され、階位を上げてきた。だから、攻撃されたときの対処法は心得ていたはずである。しかし、もう我慢の限界に来ていた。

僧侶や武士たちが、あざ笑いながら向かってきたとき、心の中にたまっていた怒りが爆発し、相手を斬り殺した。相手を殺したと思えばすぐに生き返り、また殺したと思えば生き返る。自分自身も、殺されたと思えばすぐに生き返り、また殺されたと思えば生き返る。「痛い」と思った瞬間、痛みが消え、また斬られる。これの繰り返しである。餓鬼道の時とあまり変わらない。こんな殺し合いの生活が五年以上続いた。

そこで気持ちを切り替え、「お互いにこんなことを続けていても、何の得にもならない。やめるべきだ。第一、俺は何のために天道へ行ったんだ。こんな世界を撲滅するためではなかったのか」と深く反省した。皆に向かって「やめよう、こんなことは。お互い何の得にもならないではないか。やめよう！」と叫んだ。そして少しずつ共鳴する者が現れ始め、修羅道の中間層に階位を上げた。

そこでも小競り合いが起こり、傷を負わされた。「痛い！　どうやって、この傷を治せばいいんだ」と困っていると、天道の人がやって来て、手当てをしてくれた。見ると、以前、天道で膳を運んでくれた人である。「何ということか……」。言葉が出ない。すぐに傷が治り、涙をぬぐって礼を言おうとしたが、もう、その人の姿はなかった。厚く感謝すると、更に階位が上がり、三年後、修羅道の上層部に上がった。

ここでも小競り合いが起こっていて、仲裁に入った。「腹の立つことがあっても、お互いに辛抱しあって、この世は成り立っている。小さなことにいちいち目くじらを立てていても解決しない。他人を変えようとするよりも、自分の考え、心の持ちようを変えた方が手っ取り早いんだ」と説得し、それぞれの性格の矯正に努めた。そして平和な町づくりに貢献した功績が認められ、二年後、人道に上がった。あの世に誕生するのは、もう少し先のことである。

## B ✦ 大出世して天下を統一した男

Bは貧しい村に男としてこの世に生まれた。武士を志し、十七歳のとき、三歳年上の武将Aに取り立てられた。持ち前の努力と根性でAに気に入られ、異例の出世をした。ところがAから、些細なことでも全て報告するよう命じられ、困っていた。特に家臣の失敗を全て報告することは気が進まないが、Aの気性は荒く、命令に背けば、どんな罰が待っているか分からない。仕方なく、自分の家臣に対しても、些細なことでも報告するよう命じていた。

あるとき、Bは家臣の小さな失敗をAに報告したため、その家臣はAに厳しく罰せられた。そのため、Bは家臣の信用を失った。「B様に報告すれば、すぐに上様に報告される。気をつけろ」と陰口をたたかれたのである。またあるとき、Bはある末端家臣の粗相に気付きながら、知らない振りをして、その隊長からの報告を待っていた。ところが一向に報告がないことから、なぜ報告しないのか質したところ、その隊長は答えた。

**隊長**　家臣の失敗を報告すると、上様に報告され、家臣が厳しく罰せられます。だから報告をためらったのです。報告すると私も家臣たちから「あの隊長は、下から報告を受けると、すぐ上に報告する。肝っ玉の小さな隊長だ」と評価され、信頼を失い、恨まれます。逆に報告しなければ、家臣は罰せられることがなく、私も信頼されることになります。

**B** それは、上様に知られずに済んだ場合の話だ。もし、知られた場合、隠していたことになり、どんな重い罰を受けるか分からない。上様からの信用も失う。どうするんだ。

**隊長** そのときは、死罪も覚悟します。確かに、報告すれば自分の責任は免れます。しかし、家臣は罰せられます。他の家臣からも小心者と思われ、きらわれます。家臣のために自分の命を投げ出す覚悟がなければ、家臣は付いてきません。これも宿命と諦めているのです。

Bは、隊長が報告の大切さを理解した上であえて言っているのが分かり、その言葉に感銘を受けた。自分に置き換えるとなるほどと思い、以後はできる限り、Aに報告しないことにした。家臣の失敗を見てしまったときはどうすればいいか迷うときもあったが、覚悟を決め、Aに報告しなかった。

家臣の心を掴むことに苦心し、苦労を重ねるうち、家臣だけでなく、多くの人を引きつける人間になっていった。家臣が手柄を立てたときは、大げさに褒めてAに報告した。ときには自分の手柄を家臣の手柄にして報告したこともあった。

Bは、Aが志半ばでこの世を去った後、天下を手中に収めた。そして、政治に力を入れる一方で、絵画彫刻などの美術品の収集や芸術の奨励にも力を入れ、文化の発展に大きく貢献した。初めて目にした美術品でも「見たことがあるような気がする」と思ったり「俺は前世で、美術品の収集をしていたのかな」と思ったりしたことが何度もあった。

神から特別に勇気と根性を与えられ、数々の壁を乗り越えてきたが、一つだけ乗り越えられない壁があった。妻である。妻には頭が上がらなかったのである。このことが、その後の天下に大きな影響を与えた。子供にも大変甘く、乱世を切り抜けるだけの力をつけさせることはなかった。そして、国や子供の将来を心配しながらこの世を去った。

✦

Bはあの世に未練を残してみんなの広場に来た。大勢の人に拍手で迎えられたが表情はさえず、いまだに我が子のことが心配だった。翌朝、長老たちに促されて裁判に臨んだ。

**裁判神**　君は貧民に生まれながら、大出世を遂げた。そして、戦乱に明け暮れていた国を安定させた。後世の人々は君に勇気をもらって難事に立ち向かうだろう。「自分だって努力すればできるんだ」という気持ちになる。この功績は大きい。

また、君は文化面でも大きく貢献したことは高く評価する。ただし、美術工芸品を集められたのは、実質的には芸術の神様の御意思であり、お力添えがあったからこそできたのだから、慢心するなよ。芸術を発展させるには、すぐれた品々を一か所に集めて競わせる必要がある。そのためには非常に強い権力と高い感性が必要だ。そこで選ばれたのが君だ。

B　ありがとうございます。神様から勇気と根性を頂いたからこそ、できたのです。

裁　うん。Aのときもそうだが、誕生の神様は、よく君を選んだものだと敬服させられるよ。あれだけ多くの敵対勢力を取り込んで国を平和にし、更に文化を大きく発展させたのだから。あんなことは、君の感性をもってしなければできない。君のやったことは実に素晴らしい。合格だ。

B　もったいない御言葉です。

裁　うん。しかし、負の部分も考えねばならないんだ。君は戦で多くの人をあやめ、更には自分の感情で、人を納得せぬまま自害に追い込んだりした。彼らの君に対する恨みの気持ちは相当強い。だから、大きな功績があるにもかかわらず、一旦は餓鬼道に行って反省してもらう。国の平和のためであったとしても、罪には変わりはない。償ってもらう。功罪両方あるときは、罪の償いが先だ。その後のことは、君の行動次第だ。

Bは静かにうなずいて裁判所を出た。裁判所の出口を出ると、すぐ下に六道の辻がある。その入口には「天道」「人道」「修羅道」「畜生道」「餓鬼道」「地獄道」の案内板がある。天道の入口の前に立ち「天道とは、天守閣のような所かなあ」と思った。次に、地獄道の入口の前に立ち「自分があやめた人たちは、地獄道にいるのかなあ」と思ったりした。そして最後に、餓鬼道の入口の前に立ち「餓鬼道なんて、下から数えた方が早いではないか。痛い目にあわされるんだろうなあ。行きたくないなあ」と思ったり、上様はどこにおられるのかなあ」と思ったりもした。そしてしばらくして「考えても仕方がない。行くか」と餓鬼道への道を進んだ。

餓鬼道の入口を入って少し坂を下ると、急に体が重くなったように感じた。急降下して餓鬼道に着くと、そこには、戦でBに敗れて死んだ武士やその家族がいた。「腹が減った。食べ物をくれ」と言いながら、刀を振り回して斬りかかってくる。あの世では、戦場を駆け回って多くの人をあやめてきたが、今度はやられる番である。斬られて死んでは生き返り、また斬られて死んでは生き返る。こんな生活を八年間続けた後、畜生道に上がった。

畜生道に上がると、武士の他に、Bの口車に乗せられてうまく使われた役人たちもいた。「人垂らし」や「女垂らし」の罵声を浴びせられたが、Aと同様、ひたすら謝罪に徹した。

きつい視線が体じゅうに突き刺さり、激しく痛むが、辛抱するしかない。Bを取り囲む敗者の怨念《おんねん》が、心に重くのしかかる。謝罪することで階位が上がりそうになるが、呪われて階位が下がろうとする。それでもじっと辛抱して、多くの人の許しを得た。

七年余りで畜生道生活を終え、修羅道に上がった。そこで大きな城を与えられ、城主となった。ところが、水攻めにあったり、敵の城が目の前に突然現れたりした。あの世で自分のやってきたことが、この世では立場が逆転していることに気付いた。現状を受け入れ、あの世での行為を深く反省するとともに、得意の話術を駆使して、危機を切り抜けた。それ以降、誰とも争うことがなくなり、修羅道の最上層部に階位を上げた。ここでも、持ち前の人垂らしを活かして争いをなくした。本当にここが修羅道かと疑いたくなるほど静かになり、五年余りで修羅道から脱出した。

人道に上がった後は、人付き合いを大切にした。人々に芸術の楽しみ方を教え、教養を身につけさせ、多くの人から多大な感謝を受けた。急速に階位を上げ、五年で人道生活を終え、めでたく天道に上がった。そのときには、あの世からこの世に来て、二十五年余りが経過していた。

天道に上がると、上げ膳据え膳の生活が待っており、これに満足した。料理や酒は、欲しいと思って誰かに命じようとすると、その瞬間に人がやってきて注文を聞いてくれる。風呂に入りたいと思って衣服を脱いでいると、すぐに湯を沸かしてくれる。何も言わなくても、周りの人たちが気を利かせて働いてくれるのである。「あの世での功績が認められるとは、こういうことか。この世でも天下を取ったんだ。何も言わなくても全て家臣がやってくれる」と満足感で一杯だった。

ところが、五年もたたないうちに、周りの人があまり自分に構ってくれなくなっているのを感じ取った。人道に落ちたときのAと同じように「あれだけやさしく膳を運んだりして、自分の世話をしてくれた人たちは、いったい何者だったのか」と疑問を感じ始めていたのである。そして、監督神に尋ねた。

**B**　私は天下人として、天道の家臣に身の回りの世話をさせていましたが、年を追うごとに家臣の態度が悪くなっています。今の家臣はお役御免にしたいと思いますが、よろしいでしょうか。

**監督神**　何を言うのだ。君は大きな勘違いをしているようだな。君が今いる所は、天道ではなく、人道だ。私は人道の監督神だぞ。

**B**　ええっ。どうして私が人道にいるのですか。私はすでに人道での暮らしを終え、天道にいるはずですよ。

監　そうか。そう思うか。それなら、以前の生活を思い出すがいい。君が天道にいるときに家臣と思っていた人たちは、実は家臣ではない。同じ天道の人だ。君とほぼ同じ階位の人たちだった。天道の人は、下界で苦しんでいる人々の救済活動をしながら、更に自分を磨こうとしている。だから、周りの人に対し「自分が何をして差し上げたら喜んでいただけるか」ということを常に考えて行動している。お茶を欲しがっていると察したときは、お茶を差し出す。そのときに「お茶を入れてあげたよ」というような、恩着せがましい気持ちは全くない。ただ人に喜んでいただきたい一心である。

君はあの世で茶会を開いたりして民衆を喜ばせていたし、足軽のときは、目上の人に認めてもらうにはどうすればいいか、気を配っていた。ここでも、更にもう一歩踏み込んで他人の気持ちを理解し、人格の向上に努めればよかったのだ。そうすれば天道の人と同じ行動ができたはずだ。君はもうすでに人道に落ちているのだ。

B　えっ、本当に人道に落ちているのですか。そうすると、人道の人たちは、天道の人たちに比べて、人に対する気持ちが足りないということでしょうか。

監　そう言わざるを得ない。ここにいる人たちは、天道の人に比べてさほど親切ではないであろう。自分を犠牲にする気持ちが少し足りない。

君は、お茶を入れてくれたりして自分のために何かをしてくれた人に「ありがとう」

と言っていたか、それとも、自分の方が上だから当たり前だと思って礼を言わなかったか。配膳してくれた人に「頂きます」と言い、片付けに来た人に「ごちそうさまでした」と言っていたか。更には、配膳してくれたり片付けてくれたりした人に対し、今度は逆に、君がその人のために配膳したり片付けたりしたか。思い出してごらん。どうかな？

B　お礼を言うことはありませんでしたし、お返しも何もしていませんでした。あの世では天下人としてそれが当たり前でしたので、この世でもそれが当たり前だと思っていました。そういう点でも私は天道に住む資格がないということでしょうか。

監　そうだな。君は天道とは、楽しく優雅に遊んで暮らせる所と思っていた。ところが違っていた。最初のうちは、あの世での功績が「功徳《くどく》」となって楽しむことが許されるが、その功徳分を使い果たせば、天道に住む資格はなくなる。

天道の人にとっての遊びとは、困っている人を助けることであり、苦しみから救われて喜んでいる人の姿を見ることである。君にとっての遊びとは、酒を飲んだり家臣や女性をからかったりして楽しむことである。まるっきり、違うだろう。

B　は、は、はい……。

監　統治の神様は、君のあの世での活躍を高く評価していた。しかし、天道での君の暮らしぶりを見て、残念がっておられたよ。

そう言われて、Bはうなだれた。「それなら、そうと言って欲しかった。なぜ神様は、先にそれを言ってくれなかったんだ」と神を恨んだ。ずっと神を恨んでいると、徐々に心が重くなり、数年かかって人道の最下段に落ちた。

そこでがっくり肩を落としていると、聞き覚えのある声がした。そして驚いた。何と、Aに声をかけられたのである。思わずその場にひれ伏した。

**B** 上様！　わ、わ、私は初めから天下取りを狙っていたわけではありません。た、た、たまたま向こうから私の方に転がり込んできたのであります。上様をあやめたのは、私の策略であるようなことを言っている者もいますが、そんなことは絶対にありません。

**A** わかっておる。ここに来て、お前の心の中や行動を見せてもらったが、常にワシのためを思ってくれていたことがよく分かったし、ワシの見ていないところでも、裏表なくやっていたこともわかったのだ。報告漏れはたくさんあったけどな。しかし実は、あまり報告されても困るのだ。本当は、家臣が失敗しても罰したくないんだ。罰したところで、やる気をなくすだけだからな。今だから言えるが、けじめは必要だが、きらわれることはしたくないというのが本音だ。よく判断してくれたよ。本当によくやってくれた。礼を言うぞ。

それから、ワシを討ったHの心の中も見せてもらったが、Hもワシのことをよく考えて仕えてくれていたことが分かった。ただ、最後の方ではワシが感情的になってしまった。少しの過ちも許せない、人に対し完璧を求める性格を直すことができなかった。それでHはいや気がさして気持ちが通じなくなってしまったんだ。ワシにとって宝物であるはずのものを、みすみす自らの手で壊してしまって……ワシは自分の感情を抑えられなかった。もったいないことをした。だから、Hに会って、謝ったんだ。お互いに謝ったら、また心が通じ合った。人間とはそういうものだ。

ワシは誰も恨んではおらぬ。裁判で神様に言われたが、元々、ワシには天下を取る資格がなかった。それで、天下取りを目前にして、この世に引き戻されたのだ。ワシを死に至らしめることができるのは、H以外になかった。だからHの心を動かすしかなかったと。

神様のしたことであり、宿命だから仕方がない。

**B** そうですか。そうだったんですか。ところで、H殿と私との違いはどこにあるのでしょうか。お聞きしますが、上様は、H殿と私と、どちらを評価なさいますか。

**A** おもしろい質問をするなぁ。聞きたいか？　Hとお前との違いは、ワシはHとは少し馬が合わなかった。しかし、ワシとお前とは相当に馬があった。ただそれだけの違いだよ。ハッハッハッハッハッハ……それでは逆にお前に聞くが、いいか。もし次の世で、ワシとHとのどちらかを家臣にしなければならなくなったとしたら、お前はどちらを選ぶか聞きたい。
B　ええっ！　何ということをおっしゃるのですか。勘弁してください。私はどこまで行っても上様の家臣でいたいのです。
A　ハッハッハ。それは本心か。相変わらずの人垂らしぶりだな。心の中がよく見えておるぞ。
B　み、み、見てください、これを。偽らざる心の内を。
A　そうだな、そうだな。わかった、わかった……また一年後に会おう。そのときはCも交えて、三人でゆっくり語り合おう。ワシはこれからも、あの世で迷惑をかけた人に詫びたり、世話になった人に礼を言ったりと、大忙しじゃ。なかなか思うように会えんのじゃよ。一年後、ここで待っているからな。頼むぞ。

そう言って、Aは人道の別の所へ消えていった。その後Bは、自分が理不尽にも自害に追いやった人たちに会って謝ろうとしたが、思うように会うことはできなかった。そして一年後、AとCに会った。あの世に誕生するのは、その後である。

## C ✦ 平和な世を持続させようとした男

CはA、Bに少し遅れて誕生した。Aが八歳、Bが五歳のときである。試練の人生を経験する宿命を負って、弱小大名の男子に生まれた。子供の頃から苦労を重ね、大人のやり方の汚さを、いやというほど思い知らされた。ただ、そのお陰で、逆境の中を生き抜く戦術を身につけていった。

成人して一国一城の主になると、Aと同盟関係を結び、自国の安泰を図った。その後も自国の安泰を図るべく政略結婚を押し進めたが、妻からは「戦で苦しめられるのはいつも女です。男は自分の意思で決められますが、女はいつも従うばかりで、男は勝手すぎます」と、事あるごとに言われ、「確かにそうだ。戦のない平和な世の中にしたい」と常に思っていた。戦においても、敵の武将を討ち取ったとき「きっと、家族がいて、家族のためにも戦ったのであろう。かわいそうに。残された家族のことが気がかりだろうなあ」と、その死を悼《いた》んだ。そんなやさしい心の持ち主であったが、その気持ちとは裏腹に戦をしなければならないことに、逃れることができない宿命的なものを感じていた。

その後、Aが家臣の謀反により討たれると、「勝負事は大勝ちしてはいけない」とか「負けるが勝ち」という考えを持つようになった。「勝てば恨みを買い、仕返しをされる。それよりも、損をしない範囲なら、負けてもいい」とも考えたのである。

十六世紀末、Bが病死すると、Cに天下取りのお鉢が回ってきた。天下を治めるには、家臣が敵方に寝返ることのないよう繋ぎとめておかなければならないし、他の国が攻めてこないように約束を交わさなければならない。苦心坦懐して書状を送るなど、あらゆる手を尽くして、平和な世の中の構築に努めた。そして、平和な世が長続きするよう子孫に厳しく教育し、天から託された大きな使命を果たした。

---

Cは平和な世の中が続くことを願いながら、みんなの広場に着くと、泉の湧出が止まり、静まりかえった。大勢に囲まれ、敬礼して迎えられた。泉の前で長老たちに苦労話をした後、翌朝の裁判について告げられ、裁判に臨んだ。

**裁判神**　君は平和な世が長く続く確かな道筋をつけた。ご苦労であった。

**C**　私は天下分け目の合戦で息子を頼りにしていましたが、息子が戦に間に合わず、危うく負けるところでした。

**裁**　いやいや、そんなことはない。あれは統治の神様が仕組んだものだ。もし息子が間に合っていれば、そこに油断が生じる。そうすれば、君は負けていた。だから息子が間に合わなくて君が危機感を持つよう、神様が仕組んだのだ。君が負けるようなことがあると、また国が混乱する。更に神様は、国の将来を見据え、中心地を東に移そうとしていたからだ。あそこはどうしても君に勝ってもらわなければならなかったのだよ。

**C**　そうだったんですか。私が勝つことは、初めから決まっていたのですか。

**裁**　そうだ。東に国の中心地を移転することは、すでに決まっていた。君を都から遠ざけるためにBから命じられたと思っているだろうが、これは統治の神様がBを使って君を東に移させたんだ。そして、神様に見込まれて東に移った君は、神様の計画通りに土地を改良した。これは遠い将来に生きてくるであろう。神様が計画なさったことだから、どうあがいても、計画通りになるに決まっている。それにしても、君は幾多の試練に耐えた。辛抱することの大切さを後世の人に教えた。高く評価する。合格だ。

　良い面はこれくらいにしておいて、悪い面も言わねばならない。君はAやBと同じく戦で多くの人をあやめた。平和な国の建設のためとはいえ、あやめられた人たちは君を強く恨んでいる。だから、大きな功績があっても、先に罰を受けてもらう。それが決まりだ。餓鬼道に行きなさい。

Cは静かにうなずいて餓鬼道に行った。餓鬼道に着くなり、あの世の戦でCに敗れた武将たちが襲ってきた。「くっそ、お前のせいで、人生が狂った」とか「腹ぺこだ。飯をよこせ」と言って、暴力を振るわれた。「あの世で多くの人をあやめたのだから、当然の報いだ」と思って、抵抗しなかった。それでも許してくれない者には「私が悪かった。どうぞ、お斬りなさい」と首を差し出した。これには怒り心頭の武将も驚き、多くの者が許してくれた。更に、天道の人が届けてくれた食べ物を配って謝罪に徹すると、六年間いた餓鬼道を後にして、畜生道に上がった。

畜生道に行くと、Cにあやめられたり領地を奪われたりした人たちから「やることが汚いぞ」といった、恨み、憎みの言葉を浴びせられた。怒りがこみ上げてきそうになったが、あの世で天下を取っていた自尊心を完全に捨て去り、謝罪に専念した。何を言われても反論せずに「申し訳ございません。私が悪かったのです。どうか、お許しください」を繰り返した。約五年で畜生道を脱出し、修羅道に上がった。

次に行ったのは、修羅道の中にある「疑いの町」である。人を疑ったり、疑われたり、だましたり、だまされたりしている。味方をすると言って相手を安心させ、だまし討ちをする者もいて、やられてはやり返し、これを繰り返している。そして言った。

**C**　お互い、相手をだまして攻めるのはやめましょう。その方が、みんなが安心して暮らせるでしょう。そのためには、武器を捨てることです。今からみんなで協力して、ここに武器を全部集めましょう。そして、神様に預けるのです。

**武将**　武器を手放したら、攻め込まれます。武器は自分を守るために絶対に必要です。

**C**　それでは、まず私が神様に預けます。皆様も神様に預けてください。心配なら、少しずつ預けてください。

武器はすぐには集まらなかったが、根気よく他の武将を説得し、四年がかりで全ての武器を集め、監督神に預けた。Cは「疑いの町」を平和にした功績が認められ、修羅道から人道に上がった。

「やっと、少しまともな世界に来た」。そう思って喜んでいると、先に来ていたAとBが待ち構えていた。

B　あっ、大泥棒が来た。C殿だ。
A　おお、待っていたぞ。おぬしは一番うまくやったなあ。
C　何をおっしゃるのですか。
A　ワシがついていてBがこねた天下の餅を、ワシらがいない隙に全部食べたんだからな。
B　さぞかし、うまかっただろうなあ。
C　大変だったんですよ。でも、お二方がおられなかったら、私は何もできなかったでしょう。お二方のお陰です。
A　ワシら三人が、三人一組で大改革をやることになっていたことは、ここに来るまで知らなかった。これは、統治の神様が決めていたことらしい。あの世では、ワシ自身が神だと思っていたが、考え違いも甚だしい。
　ワシは、どうすれば自分が喜ぶかを考えていた。Bは、どうすれば民衆が喜ぶかを考えていた。Cは、どうすれば後世の人が喜ぶかを考えていた。その順番で神様はワシらをあの世に送り出していたんだ。
B　それをあの世にいるときに分かっていれば、もっと簡単にC殿に天下をお譲りしたものを。
C　よくもまあ、そんな見え透いた嘘を。

A　そうじゃな。ワシもそんなことが分かっていれば、死なずに済んだのに。なぜ、ワシを討ったのかをH本人に聞いてみたが、色々なことが複雑に絡み合って、自分でも最大の要因が何であるかは分からないと言っていた。ただ何となく、何かに導かれるように、勝手に体が動いて……ワシを討つよう家臣に命じたとき、多くの者が恐れをなして逃げ出すと思っていたら、不思議と従ってくれたし……終わってみると、思いもよらない結果になっていて、どうしようもなかったと。

B　そうですか。私もその気持ち、分かるような気がします。特に、しんがりを務めるときは当然、命を捨てる覚悟ですが、生還したときに「よくもまあ、あんな恐ろしいことを買って出たものだ」と。後先《あとさき》考えずに、体が勝手に動き、自分でも不思議に思うことが何度もあったのです。

A　Bは強運の持ち主だ。ことごとく、命の危機を乗り越えてきたんだからな。

B　これも、上様のことを思えばこそ、できたのです。

A　また、うまいこと言いよる。

C　今の時代、常に死を覚悟しながら、更に、苦労は自分から買って出ないと出世はおぼつかないということでしょうね。厳しい時代ですよ。でも、A殿の最初のあの言い方は心外です。私が楽をして天下を取ったみたいな。私は小さい頃から大変な苦労をさせられました。いつも死と隣り合わせだったのですよ。

A　そうか、そうか。でも、あれは育ててやったのじゃ。鍛えてやったのじゃ。礼を申せ。

C　物は言いようですなぁ……人生はどんなに苦しくても、辛抱すれば、いいことが待っています。

B　しかし、私は天道に行って、えらい目にあいましたぞ。

A　そうじゃ、そうじゃ、ワシもじゃ。天道なんて行くもんじゃない。

B　C殿もいずれは天道に行くと思うが、決して遊んではならぬ。今の気持ちを持ち続ければ大丈夫。まあ、楽しみになされ。

話は尽きない。あの世では協力し合った三人であるが、その後は別々の人生を歩むことになる。

# A、B、C それぞれのその後

A、B、C各人のその後であるが……。
Aは人道で数年間、あの世で世話になった人に礼を言ったり、迷惑をかけた人に謝ったりした後、誕生神に呼ばれた。

**誕生神**　次は中流家庭の男に生まれなさい。以前、人道上層部の町を監督する神様がおっしゃったことを思い出してほしい。性格を直すには行動が伴わなければならない。あの世では性格の良し悪しに関係なく思ったことを行動に移せるので改善はむずかしくないが、この世では性格と異なる行動がなかなかできないので改善はむずかしい。そうおっしゃった。その意味が分かるか。

**A**　分かるような、分からないような、あいまいです。

**誕**　そうか。この世では、心のままに行動する。だから、苦しんでいる人を助けようという気がない者が、この世で人を助ける行動に出ることはない。しかし、あの世では、心底

「この人のために」という気持ちがなく、人から評価される目的でも、人を助けることができる。そうすれば、最初は打算的であったものが、相手に喜ばれることにより、次第に心がこもってくるのだ。

よく「形から入れ」と言われるが、無理してでも、自分を善人の型にはめてしまえば、それが習慣になり、次第に善の心の占める割合が多くなるということである。だから、激しい性格も改善できる。これはあの世にいる方が簡単なので、次の世では、それを徹底して実践するのだ。

**A** 心を伴わない善行であっても構わないのですか。

**誕** そうだ。何も恥ずかしがることはない。あの世では、心の中は見えないのだから、実行あるのみだ。それと、あの世での功績に対する褒美として、次の世にだけ、すぐれた頭脳を特別に与える。期待しているぞ。

**A** はい、わかりました。一つ、お聞きしたいことがあります。私は畜生道で苦しみましたが、その上の修羅道に上がったとき、それ以上に苦しみました。修羅道は畜生道の上にあるはずなのに、どうして畜生道より厳しかったのでしょうか。

**誕** 修羅道にも厳しい所とそうでない所がある。君は道を早く極めたいとき、厳しい先生とやさしい先生と、どちらを選ぶか。

**Ａ**　厳しい先生を選びます。

**誕**　そうだな。山に早く登りたいときも、緩やかで長い道よりも急で短い道を選ぶ。厳しいということは、それだけ目的達成が早いということだ。だから、厳しい修羅道でも、辛抱すれば脱出が早いということ。君は急な坂道を一旦は滑り落ちたが、辛抱したから通常よりも早く修羅道から出られた。修羅道を監督する神様のお計らいだ。感謝せよ。

そう言われ、十七世紀の世に生まれて行った。

次は、Ｂのその後である。

Ａと同じように、あの世で世話になった人に礼を言ったり、迷惑をかけた人に詫びたりしようとした。しかし、人道に来るのは二度目である。前回来たときに、大半の人に会っている。だから、会っていない人を捜すのに時間がかかっていた。困っていると、誕生神からお呼びがかかった。そこで、かねてから疑問に思っていたことを神に質問した。

**Ｂ**　私はこの世で、餓鬼道、畜生道、修羅道、人道、天道の五つの世界を巡ってきました。その途中、あの世で迷惑をかけた人や、色々な人にもう一度会いたくて、捜し回りました。

しかし、思い通りに会うことはできていません。この世は、どんな形をしているのでしょうか。また、あの世の大地は、どんな形をしているのでしょうか。

誕　君は、あの世の大地は、どんな形をしていると思っているのかな。

B　私が子供の頃は、大地は盤のような平らな形をしていて、その上に我々が住んでおり、太陽や月や星々が空を移動していると教えてもらいました。最近では、大地は球体をしていて、太陽を中心に、大地が回っているという説も聞いたことがあります。

誕　大地は球体で、自転している。だから、近い将来は「地球」と呼ばれる。昔は大地が平らな形をしていて、動かないと信じられていた。ところが、月食のときに月に映る大地の影が丸く、更に影が移動することなどから、大地は球体で、移動していると信じられつつある。頭が固いと、誤った古い説を正しいと信じて進歩しない。だから、すぐに頭の切り替えができるようにならなければならない。それができたのが、君の主君であったAだ。君も見習いなさい。

B　はい、わかりました。それでは、この世は、どんな形をしているのでしょうか。

誕　この世に形はない。説明しても、理解できないだろうな。

B　形はないのでしょうか。形がないなんて、理解できません。やっぱり、私の頭はまだ固いのでしょうか。

**誕**　まあ、理解できないのは仕方がない。人間の頭は、理解できるようにはつくられていない。なぜなら、理解する必要がないのだから。人間の無力さを知るべきだな。
**B**　はい。大変失礼しました。
**誕**　それでは、次の新たな使命を課す。今度は中間層家庭の女に生まれ変わり、争いの絶えない町を平和な町に変えなさい。

そう言われ、十七世紀の世に生まれて行った。

最後に、Cである。
人道において、あの世で世話になった人々に礼を言って回り、犠牲になってくれた人々にも謝罪して回った。これらの人々が自分の犠牲になってくれたお陰で、自分が成功したのだと強く感じていたからである。そして十年後、天道に上がると、孫の心を強く繋ぎとめて指示を出し、成功を祈念し続けた。すると、監督神から次のようにいさめられた。
**監督神**　君の念力は強すぎる。これではあの世での子孫の活躍は君の念力によるものとなってしまい、子孫の功績にならない。子孫に考えさせ、責任を持たせなさい。そうしないと、子孫が成長しない。

**C**　孫たちは戦の経験がなく、家臣からの信頼も厚くはありません。だから私の指示が必要なんです。

**監**　あの世のことはあの世の者に任せ、自由に行動させている。人間による殺し合いや動物による弱肉強食も見るに耐えないが、自然に任せるのが昔からの一貫した方針である。それで歯車がうまく回っている。変に手を加えると、歯車が狂ってしまう。助けたい気持ちはよく分かるが、信頼は自分で築いて行くものである。

君はあの世で大変苦労した。その苦労があったからこそ、幾多の試練にも耐えることができたのだ。苦労をさせることが子孫のためになる。君があの世で言い残したように「急ぐべからず」だ。どっしりと構え、ただ見守るだけにしなさい。

その後は政治が安定してCは安心していたが、人々が安定した世の中に満足しきって、苦しいときに辛抱していない姿を見ると、居ても立っても居られなくなった。天道に来て二年もたたないうちに、監督神に願い出た。「今すぐ、あの世に生まれさせてください。辛抱することの大切さを教えたいのです」と。

監督神はすぐに誕生神に取り次いでくれ、十七世紀の世に生まれて行った。

下巻に続く

# あの世とこの世を行ったり来たり　上巻

2023年9月19日　第1刷発行

著　者　本居利之《もとおりとしゆき》

発行者　太田宏司郎
発行所　株式会社パレード
　　大阪本社　〒530-0021　大阪府大阪市北区浮田1-1-8
　　　　　　　TEL 06-6485-0766　FAX 06-6485-0767
　　東京支社　〒151-0051　東京都渋谷区千駄ヶ谷2-10-7
　　　　　　　TEL 03-5413-3285　FAX 03-5413-3286
　　https://books.parade.co.jp
発売元　株式会社星雲社（共同出版社・流通責任出版社）
　　　　　　　〒112-0005　東京都文京区水道1-3-30
　　　　　　　TEL 03-3868-3275　FAX 03-3868-6588
装　幀　河野あきみ（PARADE Inc.）
印刷所　中央精版印刷株式会社


ISBN 978-4-434-32538-0　C0093